OHANASHI
おはなし

なかい みさ
Misa Nakai

文芸社

私にとって生まれて初めての安全基地になってくれた夫と、
夫の人生をずっと支え続けてくれているパンクに捧ぐ

目次

スナックかいわれ

みぃちゃん、私も本当の名前は映美《えみ》っていうのよ。お揃いだね。アリサさんが教えてくれた。

父に連れられて平日休日問わずスナックかいわれに行く。母が弟を連れて家出をしているから、私を家にひとりで残しておけないからしょうがなくというのは表向きの理由で、ちぃママのアリサさんに「素敵なパパ」であるところを見せたい父に、無理に連れて行かれる。母が家出から戻って来ても、父は私をそこに連れて行った。

アリサさんはとても綺麗。スナックかいわれのママは親切だけどどうしようもなく意地悪いことを言う醜い皺くちゃな人だから、余計にアリサさんが綺麗に見える。瞼の上はいつもキラキラが乗っていて、近づくとふんわり優しい香りがした。爪は透明感のある怖くない赤で、その赤が剥げたり欠けたりしているところを見たことがない。

私がお店に行って背の高いカウンターチェアによじ登って座ると、スナックかいわれのママはクリームソーダを飲むかと訊く。毎回毎回クリームソーダを勧めてくれるから、毎回毎回遠慮がちに「炭酸が入っているのは飲めない」という恥ずかしい秘密を言わなければならない。近くにいる客が「ここのクリームソーダは緑じゃなくて赤いんだよ」と教えてくれる。決まったようなそれらのことが全部終わって、ようやくアリサさんがミックスジュースを出してくれ、父は「よかったな。いただきますは?」と私の頭をわざとらしく撫でて髪をぐちゃぐちゃにする。

父がママに誘われてテレサ・テンを歌いだすと、アリサさんがわたしをカウンターの中に招き入れる。私がいつも居心地悪そうにするから、私の居る理由を作るために自然な感じで仕事を手伝わせてくれた。高そうなグラスでも並べさせてくれたし、アイスピックを使って氷を砕くのも教えてくれた。すぐ「危ない」とヒステリックになんでも取り上げる母とは違った。

アリサさんは、私に「内緒だよ」と言うことはなかった。もし私が母に言ってしまったらどうするのだろうと思うことでも、決して口止めをするようなことはなく、「そんなこと、こんな子供に話して理解できると思うのかな」と不思議に感じるようなことも、独り言のような、悩み相談のような口調で私に話した。

父も母も、何でも「内緒だよ」と言う人だった。お母さんがこう言っていたのはおばあちゃんに内緒よ、とか、雀荘行ってたのお母さんに内緒だからな、とか。父のお酒の隠し場所、母のバッグがまた新調されたこと、大人たちのお互いの悪口。私は誰の愚痴も黙って聞いたから何でも知っていたけど、全部内緒。内緒って言う人は、親密感を出してそれを武器に味方につけようとする。でもそういう人はみんな汚い。陰で「みぃちゃんに内緒ね」と誰かに言って、私にとって不快なことをしている。小学校に上がった頃にはそれぐらいのことはわかっていたのだから。

だから、内緒ねって言わないアリサさんは本当に信用できる人だと思って、好きな大人だった。

「ねぇ、みぃちゃんのお父さんは、お母さんと仲良くないって言ってるけど本当なのかな？　もう全く愛情はないって……でも、みぃちゃんの弟、まだちっちゃいもんね？　それって……うーん、信じていいのかなぁ」

アリサさんが何を言いたいのかが、私にはわからなかった。私の名前と、アリサさんの本名が一緒な理由も、少し大きくなるまでわからなかった。

スナックかいわれに私を連れて行く父は、私が母に何も言わない子供なのをわかっていた。アリサさんは、私が黙って大人の話を聞く子供らしくない子供だけれどそのうちポロリと母にアリサさんの話をすることを期待していたのかもしれない。

ねぇ、みぃちゃん。私みぃちゃんが可哀想だと思うの。女の子なんだし、もっと綺麗な服を着て、髪もとかして、大切に扱われるべきだと思うの。

私は、いつも姉のおさがりで——姉は自分が気に入って着ていた服のサイズが合わなくなって私に譲らなければならなくなった時、悔しいのか何なのか、学校の名札の安全ピンで穴をたくさん開けたり墨汁を飛ばしたりして、汚してから私にくれた——それと、女の子らしい物を極度に嫌う祖母の影響でフワッとしたスカートなどは手に取る機会さえない子だった。髪は、伸ばしっぱなしのボサボサで、目が悪くなったら困るからという理由で前髪は母の手で下手くそにパツンと眉の位置で切られていた。自分の惨めったらしい外見を気にするようになり、鏡を見て髪をとかし始めると、それを見た母は「見かけばっかり気にする中身がからっぽの子」と言った。

「お父さんとお母さんはたくさんケンカをするけど、次の日には仲直りして普通にお話しするのよ。お父さんもお母さんも、感情がすぐ爆発するだけで、憎しみ合ってるわけじゃないのよ」アリサさんにそう言おうとしたことは何度もあった。母の立場を守るために、そう言わなければいけないと思っていた。でも私は、私のことをを憐れみ、ちょうどいい距離で親切にしてくれる素敵なおねえさんを失いたくなかった。アリサさんにとって不都合なことを言うと、彼女は私を憎むと思った。だから私は黙っていた。アリサさんの話に曖昧に頷くか、わからないふりをして悲しい顔を作り首をかしげる。

ある日、私にタオルを渡して使うように顎で促したスナックかいわれの皺くちゃなママが、洗い物を手伝っていた私に下品な笑顔で言った。

「みぃちゃんは本当に、頭のいい子ね」

私は言葉の裏を読んだりする能力が元々欠けている。ママは私を頭のいい子だと本当に思っているのだと思った。でも、頭のいい私を嫌っていると確信した。この空間で一番偉い人が私を嫌っている。ここも、私が居てはいけない場所だ。その日から、父に促されてもカウンター席に座るのをやめた。

私はできるだけ人に存在を気にされないように、壁に張り付くようにして小さくなっていた。家では母に気に留められないよう、学校では先生やクラスのリーダー的存在の女子に目を付けられないよう、スナックかいわれでは皺くちゃのママから気配を悟られないよう、静かに息を殺すように存在していた。存在しなければ楽なのに、そうはいかないらしいので、せめて気付かれないようにしようと人の死角を探してはそこに三角座りでジッとしていた。

アリサさんは、そんな私をすぐに見つけてニッコリ笑いかけ、しかし無理に人目に付くところに引っ張り出したりもせず、「みぃちゃん、ミートスパゲティ食べる？缶詰のソースだけど」と、床に座った私に小さいお皿とフォークを手渡してくれる。人前で物を食べることが嫌いな私が目でアリサさんに戸惑いを伝えると、サッと立ち上がって他のお客さんの相手をしたりお酒の準備をしたりして、そのうち空っぽになった私のお皿を受け取りに来る。

「おいしかった？」

「うん」

「スパゲティ、好き？」

「うん」

私は顔が熱くなるのを感じた。美味しいかと訊かれたり、これは好きかと訊かれたりすることは、今までほとんど経験がなかった。私の周りの大人は、私に「早く食べちゃいなさい」「残さず全部食べなさい」とは言うけれど、私の気持ちを訊いたりはしなかった。

「こんなに遅くまでここにいると、お腹空くよね。可哀想に。明日、何食べたい？」何が食べたいか？　私に訊いている？　私に、食べたいものを選択するように言っている？　私はアリサさんの綺麗な鼻筋を視線でなぞりながら、「カレー」と答えていた。笑顔で頷いたアリサさんがカウンター席のお客さんのほうに顔を向けた瞬間に、私の頬が濡れるのを感じた。私は皮膚の上を液体が流れる感触が大嫌いなので、すぐに手の平で頬を擦った。

父は、母を裏切っている。父が母と初めて会った時、こんな美人はテレビでもどこでも見たことがないと夢中になり、一生懸命アプローチした結果結婚できたのだと父から聞いた。母はそれから年を取り、子供も産み、色々とだらしない父に嫌気が差してきたこともあってどんどん強くキツイ女性になり、父はアリサさんという優しくて若い美人と出会って彼女に夢中になった。

私は母に同情する。痛みに耐えて産んだ愛の結晶である娘に、夫が愛人の名を付けようと提案し、何も知らないが故に「まぁ可愛い名前ね」と賛成した、彼女の人生の重大な一ページに同情する。それでも私は、自分と同じ本名を持つ、スナックかいわれのちぃママのアリサさんが好きだった。

母がもし、誰に対しても同じ態度だったなら、アリサさんの言葉で私の頬が濡れることはなかっただろうと思う。私は知っていたから。母が弟に、「おいしい？」「やっちゃんは、これが好き？　また作るね」と日常当たり前のように言うのを。弟が幼いからで、私も幼い時は言われていたのでは、というのは違う。私は非常に不便で嫌なことに、言葉をまだ話せないほど幼い時期からの記憶がかなり鮮明にある。そして母は、姉の好物も弟の好物も把握しているが、おそらく私の好物は知らない。そもそも好物があるのかすらわからないと思う。

スナックかいわれの皺くちゃなママが亡くなった時、私は母に連れられてお通夜に行った。父は、なじみの客やママの息子と見られる中年男性と会話を交わし、終始一人で動き回っていた。普段はとても短いスカートを穿いているアリサさんが膝を隠す丈の黒いワンピースを着て、長い髪を束ね、忙しそうに目の前を行ったり来たりしていた。父がアリサさんを呼び止め母の前に連れて来て、母とアリサさんは自然な大人の挨拶を交わしていた。おそらくお悔やみの言葉、長年主人がお世話になっているのに初めての挨拶で申し訳ない、いつも主人がそちらに飲みに行くのを楽しみにしているのにママがこんなことになるなんて、というような。

アリサさんがやっと私に目を遣り、にっこり笑った。

「みぃちゃんがご主人とうちの店に来てくれると、ママすごく喜んでたんですよ。孫みたいで可愛いって。ママの顔を見せるのは、この年の子には……よくないでしょうか?」

母に遠慮がちにそう訊いたアリサさんに、母は「いいえ、お世話になったのだし最後の挨拶をさせたほうがいいですよね」と答え、私の手を引っ張って会場の奥へ進もうとした。

私は今から死んでいる人間を見るのだと理解し足を進めるのをためらった。棺の中には吸血鬼かキョンシーがいて、それらが突然カッと目を開け起き上がる。私はそのほうが怖くなかった。本当に動かなくなって、もう目を覚ますことのない皺くちゃの意地悪なママが、あの箱の中にただ横たわっているのを見るのは、自分にどのような感情が湧くのか想像がつかなくて怖かった。

母は、一度私を不機嫌な顔で見下ろし、私の手首を強く握り直して引っ張った。

「みぃちゃん。おいで。かいわれのママ、いつもみたいに綺麗にお化粧もしてもらって、ちょっと笑ってるみたいだよ。みぃちゃんも来たよって言ってあげて」

母に引っ張られていないほうの私の手を優しく握り、アリサさんは棺に近づくのを拒否して動かない私の足の横にしゃがんだ。だらしなく顔にかかった私の髪を撫でつけるように耳にかけ、大きな黒い目で私をジッと見つめた。スナックかいわれのママが死んで、とても悲しいのだとその目には描いてあった。ママを慕うたくさんの大人がこの場にいるのに、アリサさんは私に悲しみを共有してほしいのだと、何故か私はそう自惚れた。

私は残酷な行動に出た。母の手を強く振りほどき、アリサさんの手を握りしめ、アリサさんを導くように棺に近づいて行った。

毎日そばにいて、本当の母親のように慕い、時に本気でケンカをし、気が付いたらまた冗談を言い合っている、スナックかいわれのママとアリサさんだった。いくら私にとって意地悪で怖い皺くちゃのママでも、この細すぎる指のアリサさんにとっては、いなくなっては耐え難い存在なのだろう。

私は責任感でアリサさんと棺の窓を覗いた。いつものママよりお化粧が下手。いつもなら、こんな雑に絵の具で塗ったような平坦な唇にはしないのに。違う人みたい。

私と手を繋いだままのアリサさんは、ママを観察している私を見ていた。初めて人の遺体を見た子供の反応に興味があるのか、私が泣くことを期待しているのか、視線を感じながら考えた。

「ママ、みぃちゃんも来てくれたわよ」

少し震える声でアリサさんはそう言い、私に頷いた。もう死んでいるのに話しかけても聞こえないんじゃないかしらと思いながら、お人形遊びのような気持ちで私もママに声をかけた。

「お別れを言いに来たよ」

そう言った瞬間、アリサさんを含む周りにいた大人が声を出して泣き始めた。スナックかいわれでよく見かけた常連のおじさんが、私の頭を強く撫でて「ママ喜んでるぞ、なぁ。ありがとうな」と涙も鼻水も拭かずに無理に笑った。

遺影を見ると、私の知ってる顔のママが着物姿で笑っていた。棺の中のママに話しかけるのはどうも気恥ずかしく嘘っぽい感じがして嫌だったけど、遺影には自分から心の中で声をかけた。私を、嫌な子供だと思っていたでしょう？　可愛げのない小狡い子だから嫌いだったでしょう？　それなのにあなたのお店に居させてくれてありがとう。さようなら。

スナックかいわれは何か月か休んだ後、アリサさんがママになり営業を再開した。私は以前のように頻繁に父にそこに連れて行かれることはなくなったが、父は相変わらず毎晩行っていたようだった。

父と姉と私の三人でどこか遠くに出かけた帰りに、ちょっと休んで行こうと父に言われスナックかいわれに寄ったことがあった。アリサさんは姉と初対面だったが、父が姉のことを色々話していたらしく親しみを込めてたくさん話しかけていた。私はずっと姉の様子を見ていた。姉は私と正反対で、幼い頃から大人に対してとても愛想のいい人間だ。いつでも満面の笑みで挨拶のできる、どこに行っても褒められる子供だ。それも、媚びた感じの愛想の良さではなく子供らしいはにかみも持ち合わせた、可愛がられる条件の整った子だった。そんな姉が、アリサさんには最初の挨拶以降、一切笑顔を見せなかった。目を見て話してはいても、そっけなく「はい」とか「どうも」と言うだけだった。

アリサさんは、そうだ、これ、進学祝いと進級祝い、と来月中学に上がる姉と三年生になる私にそれぞれのし袋を差し出した。

「必要なものだけじゃなくて、お洒落なものとか欲しくなるでしょ。ちょっとだけど、これで何か買って」

姉はカウンターテーブルの上に乗せていた手をわざわざ膝の上に引っ込めて、アリサさんをしっかりと見つめて言った。

「いりません。お母さんが、そういうことはちゃんとしてくれるので」

迷うことなく手を伸ばしてのし袋を受け取った後だった私は、どうすればいいのかわからなかった。

「映美」

姉が視線をこちらに向けることもなく低くて怖い声で私の取るべき行動を教えた。

「映美。わからない？　それを受け取っちゃだめ。すぐに返して」

私は困った顔のアリサさんと、表情の全く読めない父と、怖い顔の姉を見比べて完全に固まっていた。

「お母さんが、何でも買ってくれるでしょ？　それを置いて。お父さん、早く帰ろう。お母さん、晩御飯作って待ってるよ」

母はいつも、父が外出した日はたいてい遅くなるのがわかっているので晩御飯など用意はしない。私たちを連れていても、どこかで食べてくると当然のように思っている。もちろん姉もそんなことはわかっている。姉の嘘が、今必要な嘘なのだということだけ察した私は、のし袋をすぐにテーブルに置き、高すぎるカウンターチェアから飛び降りて姉に従った。姉は振り返ることなく店を出た。私は姉を追って店を出る時にアリサさんに会釈したが、彼女は私を見ておらず、立ち上がった父と何か話していた。

姉、私、父は少しずつ距離をとって縦に列を作り、夜道を歩いて帰った。私は最近何かの本で読んで覚えた言葉、「毅然」という文字を指で太ももに何度も書きながら姉の後ろを歩いた。嘘について考えを巡らせた。父の嘘。母の嘘。姉の嘘。嘘だけでなく、考えるべきことが他にもあることに気が付いた。私の沈黙。アリサさんの正直。それらの中で罪が深いのはどれ？

姉は家に帰ると私を押入れの中に押し込み、あたりを見回すと自分も入ってきて扉を閉めた。細い光が隙間から入ってくるだけの押入れはいつもよりカビ臭く感じた。

「あんたにはたくさん言ってもわからないだろうから、ひとつだけ。あの女の人は悪い人だよ。覚えておいて。普通ならもっと小さい子供でもすぐにわかることだよ。あの女の人は、悪い、人だよ」

姉はひそひそ声なのにいつもよりハッキリと発音し、そう言い切った。

「悪いことをしている人という意味？」

普通の声での私の質問に、姉は大袈裟に演技がかったやり方で「シッ！」と指を立てた。

「お母さんに悪いことをしてるの。それって、どういうことかわかる？」

どういうことなの？　と小声で訊き返した私に、姉は露骨にイライラした空気を発した。

「私たちのお母さんを傷つけるってことは、私たち家族みんなにとって悪い人なの」

「会わないほうがいい？」

「当たり前でしょ」

叱りつけるように言い放った後、姉は少し考えた。

「でも、そうかぁ……映美さ、あの女の人に今度会って言ってやりなよ。あなたは悪い人だって」

私が？　アリサさんに、そんなことを脈絡なく？　会う時はお父さんも一緒にいるのに、その状況で？

姉の指令はいつにも増して意味がわからず、私は困惑した。

「映美はなんにもわからない子だと思われてるから、その分ガツンと言ってやったら効果があるよ。お父さんも焦るよ。ね、悲しい顔して言ってやりなよ」

そう言って姉は押入れから出て、お腹が空いたらしくキッチンに食べ物を探しに行った。


「なぁに、それ？」

私は学校帰りに一人で行った開店前のスナックかいわれで、アリサさんと二人きりでカウンター越しに向かい合っていた。アリサさんが早くから一人で開店準備をしていることを知っていたわけではなかったので会えるかどうかもわからず行ってみた私を、快く中に入れてくれた。そんなアリサさんに、私は「アリサさんは悪い人なの？」と切り出した。

アリサさんはいつも通りミックスジュースを出してくれて、いつもより近い距離に顔を寄せ、もう一度私に訊いた。

「悪い人って?」

「悪いことをしている人という意味」

そう答えながら、アリサさんの指先の繊細さを確かめ、こんな柔らかな美しさを持つ悪い人がいるだろうかと自分の言ったことを滑稽に感じていた。

「お姉ちゃんが、そう言ってた」

姉の敵意を告発したことを口に出してから気が付き、私は自分を(やっぱり嫌なやつだ)と心の中で罵った。

父と母が深刻な喧嘩をして、母が私たちに「離婚をした時にどっちについて行くか決めなさい」と言ってきたことがあった。弟は「ママ!」と即答し、姉は父方の祖母に懐いていたため「お父さんのおばあちゃんの家に行く」と泣きながら答えた。

私は、私が答えることによって父母の味方の数が偏ることを気にした。困って黙っていると母は言った。

「みぃちゃんは、コウモリなんだから。いつもいつも」

コウモリの童話を、私は幼い時から何度も母に聞かされた。鳥たちの前では「私も鳥です」と羽を広げて言い、ネズミたちの前では羽を隠し「私もネズミです」と、どちらの仲間でもいようとして、結局どちらからも嘘つきと言われてひとりぼっちになったコウモリの話。


アリサさんは私の告げ口に少しも動揺した様子がなく、いつも通り穏やかだった。

「そっかぁ。お姉ちゃん、まだ一回しか会ったことないけど、誠実でいい子ね」

彼女の言葉に衝撃を受けた私は、冷静になるためにカウンターチェアの小さい背もたれの金属の曲線を何度も撫でてその感触に集中した。姉はアリサさんに失礼な態度をとったのに、いい子？　アリサさんのことを悪い人だと私に言い聞かせた姉が誠実？

「私より、お姉ちゃんが好き？」

私はそういう類の質問を人にしたことは一度もなかった。誰かと自分を比べて、自分のほうが上な可能性があると思ったことがなかったから。でもこの時は、私は姉よりアリサさんと付き合いが長いし私はアリサさんを悪く思ったことが一度もないのに、と姉が褒められたことにショックを受けた。

「誠実でいい子だと思うことと、好きとは関係のない感情だよ。感心はしたけど」

わかる？　とアリサさんは少し首を傾けた。私はわからなかったけれど「なるほど」というように何度か頷いた。

「悪い人かいい人か、どっちか二種類の人しかいないなら悪い人かな。みぃちゃんは自分のことをどう思う？」

アリサさんはその時初めて、私にごまかすということをした。

「私も、悪い人」

その質問には考えることなく答えることができた。いいことをしようとしているけど判断が間違っているらしくて、悪いことになっているみたいだから。私は悪いことをする悪い人。

アリサさんは、姉の言っている意味を理解しているのに、私がそれ以上追及しないこともわかっているから、ちゃんと答えずにはぐらかした。彼女も「大人みたいな」大人なんだと思った。


開店する前に店を出ようとすると、アリサさんが私に一万円札を渡した。

「のし袋は見つかったら困るだろうから、このまんまで。この前渡そうとした進級祝い。机の引き出しの奥にでも隠しておきなよ」

私はお金の受け取りを拒否した姉を誠実でいい子と褒めたアリサさんの声を頭の中で何度もリピートして、混乱した。

「みぃちゃんと私の仲は特別だからいいのよ。いざという時のためのお金、持ってたら絶対役に立つから。私から貰ったからというだけじゃないけど、お金を持ってることはお父さんにもお母さんにもお姉ちゃんにも言わないほうがいいかも」

アリサさんは私のスカートのポケットに、私の手と一緒にお金を突っ込んだ。

私は本当にわからなかった。みんな何を求めているんだろう。私にどういう行動をとれというんだろう。誰の言葉を、誰の行動を手本にすればいいんだろう。生きていくうえでの全ての判断を記した図鑑が欲しい。

「みぃちゃん。誠実でいい子になるためには頭を使って考えても無理だよ。心を使って、いい悪いを判断するの。頭を使ってできることは、法律に違反しないかどうかを判断することと、生きていくための賢い選択。みぃちゃんは心を使って周りを見ると苦しいから頭だけ使うんだと思うけど、私はそれもいいと思うよ。生きるために身につけた大切な力だよ」

生きていくための、という言葉をその後何度もアリサさんから聞いた。結局、私が彼女から貰ったお金は中学に上がる前には、一万円札に限らず五千円や千円札も含めて合計九万円にもなり、それらは私の勉強机の引き出しの奥に隠されることになった。

私は父の味方でも母の味方でもなかった。アリサさんの味方でもなかった。お金が必要だとしっかり理解し、生きるための賢い判断として受け取っていたわけでもなかった。

誰の言うこともとりあえず全て受け入れて様子を見ることにしていた。父の嘘も母の嘘も受け入れ、秘密を守った。姉の涙には長い時間付き合って慰めの言葉をかけた。コウモリほど積極的に「私はあなたの仲間です」とは言わない。「あなたが私を仲間だと思うのなら、そう思っておいてください」くらいのニュアンスで羽を曖昧に隠したり見せたりして、本当は誰の仲間のつもりもなかった。

私はいつのまにかカウンターチェアによじ登ることなく座れるようになった。父は、ずいぶん中年のおじさんらしくなった。アリサさんは変わらず綺麗で柔らかな物腰で、禿げたり欠けたりしない完璧な赤を爪に塗っていた。スナックかいわれは、もう店じまいすると聞かされた。

「大阪で、小料理屋をするの。そのためにずっと準備してきたのよ」

アリサさんは私の驚く顔を見て得意げに笑った。

「大阪よ。みぃちゃんたちが引っ越す所よりはもっと都会の、大阪。でも電車で一時間はかからないくらいかな。みぃちゃんの新居から」

父の転勤で大阪に引っ越すことに決まっていた私は、スナックかいわれにはもう行けなくなるという寂しさと安堵を持っていたが、それらはどちらも消滅した。アリサさんの小料理屋が父の新しい職場の近くだということもわかり、私の中に初めて嫌悪の感情が生まれた。目の前の優しく綺麗な女性が、誰か知らない人間に思えた。

その日は父も一緒だった。

（この男は馬鹿なんだな。本当にどうしようもない馬鹿なんだ）父の表情を見て私は色んなことを理解した。（お父さん、そのためのお金出したんだ。何百万？　何千万？）

私は母の後ろ姿を思い出した。どんどん年を重ねるにつれて痩せていく、年齢より老けた後ろ姿を。そんな母を見ながら私はスナックかいわれに通い、たくさんの時をここで過ごして育った。私の頭の中はすぐに冷たくなる。嫌悪の感情も母への憐みもすぐに消えた。いつも通り、「ふぅん、そっかぁ」と言って少し微笑んで返した。

スナックかいわれのアリサさんは、小料理屋の映美さんになり、私は、新しい地で中学生になった。

中学生になってすぐ私は都会に遊びに行くようになり、母の言いなりにならず自分で買った好きな服を着るようになった。母が嫌う真っ黒な服やミニスカートを穿いて、夜でも賑やかな都会の公園の端っこに膝を抱えてうずくまっていた。母が私を味方と信じて内緒話をすることはなくなり、姉も私に服装や行動の注意以外で口を利くことはなくなった。

父は、何か月も家に帰って来なかった。帰ってきても、何日かするとまた何か月か姿を消した。アリサさんに貰ったお金はすぐ底をついたが、お金を必要としていた私は中学生でもできるお金の調達方法を都会で学んでいたので、親にお小遣いをもらったりアリサさんに会いに行ったりすることはなかった。

アリサさんとの付き合いは、父を通して続いていた。高校に入学した時には腕時計と手紙をくれた。私が大学に行きたがらないことを父がアリサさんに相談し、アリサさんは「みぃちゃんの人生なんだし、大学に行かなくたって幸せになれる」と悪く考えないよう父に言ってくれたらしい。父が体を壊し会社を辞め家からあまり出なくなるまで、アリサさんの話は父から何度も聞いた。父は共犯者という意味で私を味方だと思っていた。私は父を味方だと思ったり安心を得られる存在だと思ったことは一度もなかった。

スナックかいわれの素敵なお姉さんだったアリサさんは、もう存在しない。母より少し年下なだけの彼女はもうすぐ還暦を迎えるはずだ。小料理屋の映美さんに会う気も直接話をする気も全く起きなかったが、父が死んだ時、スナックかいわれの皺くちゃなママが亡くなった時と同じ使命感で、あの、悲しい目のアリサさんを支えなければと思ったあれと似た感情で、私は彼女の店に電話をかけた。声は少しも変わっていなかった。おそらく見た目も綺麗なままなのだろうと、彼女の香りを思い出しながら「父が昨日死にました」と伝えた。

アリサさんは少し黙った。「どこかました」「どこか」と上ずった声で言った後、咳ばらいをしてもう一度言い直した。

「どこか、お悪かったの？」

「病気だったのかという意味？」

私の昔から変わらない言い方に彼女は笑ったのだと思う。「やっぱりみぃちゃんだ」と言いながらコロコロと笑っていた。

「病気もあったけど、自分で逝きました」

「自殺という意味？」

笑うのをやめて深刻な声でそう言ったアリサさんの言葉に、今度は私が笑った。

「ちょっと、笑ってる場合?」と彼女は冗談と涙の混じった声で注意した。

「映美さん」と呼びかけると彼女はすぐに「アリサでいいよ、映美だとお互い変な感じでしょ」と訂正させた。

「アリサさん、遺書はなかったけど、父はアリサさんに報告して欲しいんじゃないかと思って。アリサさんも知りたいんじゃないかと思って電話したんですけど、この判断で良かったのかな」

敬語で喋ればいいのか昔と同じように喋ればいいのか、距離感が掴めなかったため話すのが難しかった。

「うん、うん。よく電話してくれたね。ありがとう。私、みぃちゃんには本当に感謝してるのよ。ほんと、ずっとずっと、感謝してるのよ。お父さんのこと、辛いでしょうに、こんな時に私のこと思い出してくれてありがとう」

アリサさんは泣いていたのだろうけれど、それを隠そうとしていた。スナックかいわれの皺くちゃなママの時と同じように細い指を震わせているんだろうと想像した。

「私、家族みんなが悲しんでいるのに、そうでもなくて。父と一緒に過ごした時間は一番長いはずなのに」

誰にも言えることではない自分の感情のなさへの戸惑いを、何年も会っていないアリサさんに愚痴るように話した。

「お父さんも私も、みぃちゃんを複雑な立場にさせてしまったからかも。ごめんね。お母さんと仲良くできないのも私のせいだよね。私、みぃちゃんを味方につけてるってことをお母さんに見せつけて得意になりたかったから、そのためにみぃちゃんを利用してたの」

「どういうこと?」と、私の話とずれているように感じて質問したが、その答えはなかった。

「みぃちゃんは素敵な大人になってるだろうね。こうやって電話で喋ってると何も変わっていないみたいだけど」

アリサさんも変わらない。きっとまだ綺麗な赤い爪で、カルバンクラインの香水を纏っているのでしょう? 私は、あの時の私は成長しないでそのまま脳の壁際にうずくまっていて、他の顔を身につけて社会に溶け込んでいるのよ。人に好かれようとする時は、アリサさんの表情を思い浮かべて真似をして笑うの。私、あなたみたいな人にはなりたくなかったのにあなたみたいな女性を目指してしまった。知っている人の中で一番魅力的だったから。

スナックかいわれは少し薄暗くて、いつもいい温度に保たれていた。看板は少し古くて色褪せていたけれど、綺麗に磨かれたドアを開く時は新鮮で懐かしい不思議な気持ちになった。ミックスジュースを飲むその場にそぐわない年齢の私は置き去りにされ、いつ帰ろうか、どこに帰ったらいいのかわからないままずっとそこに座っている。

うちゅう人

うちゅう人

小山たかひろ

今日、学校から帰るとき、ユーフォーを見ました。山のほうからいっぱい飛んできて、ひとつだけ神社の横の公園におちました。行ってみるとぎん色のユーフォーと、うちゅう人がいました。うちゅう人は、かみの毛がなくて、目が大きかったです。しん長はぼくと同じくらいでした。ぼくは、うちゅう人が服を着てなかったから、さむいと思って家につれて帰りました。ユーフォーは、うちゅう人が小さくして口の中に入れました。

　うちゅう人をかってにつれてきたらお母さんがおこるから、ぼくの部屋にそうっと入れました。ぼくの服がぴったりだと思ったけど、うちゅう人が服を着るのをいやがりました。おやつのラムネをわけてあげると、おいしそうに食べました。すっぱいのが好きなんだと思いました。

〈たかひろ君、楽しいゆめですね！　うちゅう人とお友だちになれたらすてきですね！
先生もうちゅう人と会ってみたいなあ〉

あたらしい友だち

小山たかひろ

学校から帰ったら、いつもゆうき君とりえちゃんと遊んでいたけど、家でうちゅう人と遊ぶことにしました。うちゅう人はぼくが学校に行ってるあいだ、ひとりぼっちだからです。まんがをかしてあげたり、ラムネをあげています。うちゅう人は頭のうしろをおしたら話せるようになりました。きかいのような声です。ぼくが帰ると「たかひろ君遊ぼう」

と言うから、「家に帰って来た人には、おかえりって言うんだよ」と教えました。ぼくの部屋にうちゅう人がいるのはお母さんにひみつだから、学校の友だちも知ったらびっくりしてばらしたらいけないから、先生とぼくのひみつにしてください。

〈先生だれにも言わないから安心してね。でもたかひろ君、ゆめのお話じゃないのも聞きたいな〉

うちゅうの家

小山たかひろ

うちゅう人は、遠くから来たと言っていました。お父さんとお母さんもいます。ちょっと前に家ぞくに赤ちゃんがふえたらしいです。ぼくももうすぐ妹がうまれるから、いっしょです。うちゅうの家はぼくの家よりもっと広いんだって。うちゅうには道路がなくてみんな空を乗り物でとんでるそうです。ユーフォーは、地きゅうに来るときにだけ乗るとくべつな乗り物で、持っている人と持っていない人がいます。ぼくの友だちのうちゅう人は、きっとお金持ちの家の子なんだと思います。

地きゅうに何しに来たのか聞いたら、「せいふく」と言っていました。せいふくって何って聞いたら、「わからない」と言いました。

今日は、きゅう食のパンを持って帰ってうちゅう人にあげました。牛にゅうもあげたら、牛にゅうにつけて食べていました。

〈たかひろ君は、今うちゅうにきょうみしんしんなんだね。しょうらいは何になりたいのかな？　先生にたかひろ君のこといろいろ教えてね〉

ビッグバン

小山たかひろ

ぼくはしょうらい、うちゅうに行きたいです。うちゅう人の家にもつれて行ってとたのんだらいいよって言ってくれました。うちゅう人とは、もうしん友です。ぼくのうちゅう図かんをいっしょに見て遊びました。ぼくが、「ビッグバン」と言うとうちゅう人は笑いました。

二人で「ビッグ」「バン！」とさけぶ遊び

をしましたた。二人のあいことばにしました。うちゅう人はさいしょの日、つくえの上でするわってねてたけど、今はいっしょにベッドでねています。うちゅう人の体はすべすべしていて冷たいです。

へゆうき君とりえちゃんが、たかひろ君と遊べなくてさみしいと作文にかいていたよ。たかひろ君は、もうすぐお兄ちゃんになるのが不安で少しさみしいのかな？　お母さんも

お父さんも、たかひろ君のこと今までどおり
大好きだから、だいじょうぶだよ〉

ラムネ

小山たかひろ

今日は学校が休みだったから、ずっとうちゅう人といっしょにいました。うちゅう人に、お父さんとお母さんに会いたい？　って聞いたら、「ううん、たかひろ君といるほうが楽しい」って言ってくれました。ぼくも、うちゅう人のことがすごく好きだからうれしいです。でも、うちゅうの家のことをいっぱい聞いていたら、うちゅう人が泣きました。赤い色のなみだをぽろぽろ流していました。ぼくはこまって、ラムネをあげました。うちゅう人は、いつも少ししか食べないけど、今日は「もっとほしい」と言いました。ぼくは、ちょ金ばこからお金を出して、買いに行きました。ぼくは、うちゅう人がよろこぶのが一番うれしいです。

へたかひろ君、先生、お母さんと電話でお話をしたよ。ぜんぜん外で遊ばなくなって、お母さんしんぱいしていたよ。ごはんもお部屋で一人で食べてるって聞いたよ。つらいことや悲しいことがある時は、お母さんや先生、お友だち、だれでもいいからそうだんしてね〉

ひみつってやくそくしたのに先生のうそつき

〈たかひろ君、みんなしんぱいしているんだよ。お母さんと電話でお話ししたけど、うちゅう人の話はしていないよ。またたかひろ君のお話聞かせてくれたらうれしいな〉

公園

小山たかひろ

今日は、学校でゆうき君とサッカーをして楽しかったです。帰ってからも遊ぶやくそくをしたので、うちゅう人にごめんって言って、公園に遊びに行きました。とちゅうでりえちゃんも来て、三人でおにごっこをしました。りえちゃんのお母さんが作ったクッキーを三人で食べて、おいしかったです。

家に帰ったらうちゅう人が、「たかひろ君

遊ぼう」と言いました。「おかえりって言うんだよって教えただろ」と、ぼくはうちゅう人におこりました。うちゅう人が悲しいかおをしたから、ラムネをあげました。

〈たかひろ君、外で遊んだんだね。ゆうき君とりえちゃんもよろこんでいたよ。外で遊ぶのは気持ちがいいでしょう？　先生、安心したよ〉

けんか

小山たかひろ

今日うちゅう人とけんかをしました。ぼくが学校から帰ってすぐ公園に行くから、うちゅう人はさみしいと言います。ぼくはうちゅう人としん友だけど、ほかにもいっぱい学校の友だちがいるんだって教えました。うちゅう人は、「たかひろ君がいなかったらぼくは一人」と言ったから、ユーフォーを口から出して、うちゅうの友だちに会いに行けばいいだろと言いました。でも、ユーフォーは、公園に落ちたときにこわれてうちゅうに帰れないそうです。

ぼくの友だちとうちゅう人を会わせてもいいけど、きっとみんなこわがるか、いじめると思います。ぼくは、買ってもらったばっかりのまんがもうちゅう人にかしてやってるし、お母さんがぼくのおやつに出してくれるラムネもわけてやってるし、おこづかいでラムネを買ってやったのに、悲しいかおをされるのはとてもいやだと思いました。

〈たかひろ君が、学校のお友だちと遊ぶのはいいことだよ。きゅう食ものこさず食べられるようになって、先生はうれしいよ。公園で遊んだお話、たくさん聞かせてね〉

冬休み

小山たかひろ

もうすぐ冬休みだから、とても楽しみです。お正月には長野のおばあちゃんの家に行きます。おばあちゃんの家に行くとたくさん雪がつもるから、雪遊びができます。いとこがいっぱい来るから楽しみです。来年は、妹ができるから、いっぱい遊ぶのが楽しみです。

うちゅう人は、毎日ぼくの部屋でユーフォーをしゅうりしています。ぼくといっしょにいるほうがいいって言ってたのに、お父さんとお母さんのところに帰りたいんだと思います。いっぱい親切にして、しん友になったのに、「うちゅう人はやっぱり地きゅうにいないほうがいい」と言います。ぼくは、ユーフォーがぼくの部屋にあるとせまいから、リビングのこたつで宿だいをしています。

へ長野に行くの、楽しみだね。赤ちゃんが生まれるのも楽しみだね。たかひろ君はいい

お兄ちゃんになると思うよ〉

ユーフォー

小山たかひろ

今日は雨がふっていたから、外に遊びに行けませんでした。うちゅう人と、ひさしぶりに遊びました。

うちゅう人は毎日ユーフォーをしゅうりしていたけど、もっとこわれて部品もなくなって、動くようにならないから、こまって、ユーフォーをまた口の中に入れました。

「ビッグ」「バン!」と、二人であいことばを言っていると、うちゅう人はすごく楽しそうに笑いました。ぼくも笑いました。「帰れないならずっとぼくの部屋にいたらいいよ」とぼくは言いました。うちゅう人は、「うん」と言いました。今日のおやつは小さいアンパンが五こだったから、二こずつと、一こは半分にしてわけました。

〈明日から冬休みだね。二学きも、よくがんばったね。たかひろ君はとてもいい作文を

かいてくれるから、先生はいつも楽しく読んでいます。冬休みのこともたくさん作文にかいて先生に教えてね〉

冬休みがはじまった

小山たかひろ

今日から冬休みです。お母さんのおなかがとても大きいから、ぼくは毎日お母さんの手伝いをすると、お父さんとやくそくをしました。赤ちゃんはおなかの中でたくさん動いていて、お母さんはぼくに「おなかをさわってごらん」と言います。お母さんのおなかがうねうね動いておもしろいです。

うちゅう人は、ぼくの部屋で絵をかいてい

ます。ぼくが部屋にいなくてお母さんの手伝いをしているから、ひまなんだと思います。うちゅう人はぼくの色えんぴつでカラフルな絵をかきます。ぼくが話しかけても気がつかないくらい、いっしょうけんめいかいていますす。うちゅうをかいているのかもしれないです。うちゅう人だから、帰りたいんだと思います。お父さんやお母さんがむかえにきたら、うちゅう人はすぐに帰ってしまうと思います。

うちゅう人に、ずっとぼくの部屋にいていいいって言ったけど、長野のおばあちゃんの家に行くとき、どうしよう。たくさんラムネをおいて行こうと思ったけど、そんなにおこづかいはのこってないから買えません。

またけんか

小山たかひろ

ぼくは、毎日すごくくふうをしてお母さんからうちゅう人をかくしているのに、うちゅう人は絵をかいたりぼくのおやつを半分食べて、楽ばっかりしています。ぼくは、お母さんの手伝いをして、長野に行く用いも自分でして、ゆうき君と遊んで、りえちゃんの家のクリスマスパーティーにも行って、とてもいそがしいのに、うちゅう人は毎日「たかひろ君遊ぼう」と言います。ぼくも、ゆっくりまんがを読んだりテレビを見たいから、怒って「うるさい」と言いました。「うるさいから頭のうしろをおして、また話せなくなれよ」と言いました。うちゅう人は、ぼくの言うとおりにしました。うちゅう人もぼくも、今日はおやつを食べませんでした。

十二月三十日

小山たかひろ

明日の朝、お父さんと長野に行きます。うちゅう人に明日からどうするって聞いたら、外を指さしました。「出て行くの？」と聞いたら、答えませんでした。うちゅう人は、ユーフォーがこわれているし、服を着ていないからさむいし、食べる物がないから死んでしまいます。「だれかに見つかっていじめられるかもしれないし、おなかがすいて死ぬかもしれないから、ぼくの部屋にいなよ。食べ物何かおいていくから」と言ったけど、うちゅう人はだまっていました。ぼくは、うちゅう人の頭のうしろをおしました。「一人のほうがいい」と、うちゅう人は言いました。「ぼくがきらいになったの」と聞くと、「たかひろ君がいるのに一人より、本当に一人ぼっちのほうがさみしくない」と言いました。よくわからないけど、「すぐ長野から帰って来るよ」と言って、ねました。

おおみそか

小山たかひろ

おばあちゃんの家についたらすぐに、いとこのお兄ちゃんと雪がっせんをしました。楽しかったです。おばあちゃんがおもちを作ってくれて、とてもおいしかったです。

今日の朝、うちゅう人が外に行くと言ったから、いっしょに窓から出て、公園に行きました。ぼくがいっしょにいないとうちゅう人が死んでしまうと思ったけど、ぼくはうちゅう人のしん友でいてやれないから、うちゅう人のことを知っている、先生の家を教えました。先生はいい地きゅう人だから、いじめないし、作文で読んで何でもわかってくれているから、だいじょうぶだよと言いました。

消　灯

一　睡眠拒否

修学旅行の夜は皆なかなか眠らない。とは言っても小学生、日付が変わる頃には一人二人と脱落して寝息を立て、それを見てクスクス笑っていた子たちも口数が減っていつの間にか枕に顔を埋めていた。今まであまり話したことのない三人が残った。これを機に仲良くなろうよ、と言う二人に、理沙もとりあえず頷いて参加した。「好きな人いる？　絶対誰にも言わないから。この三人だけの秘密にしよ」と、修学旅行にありがちな打ち明け話の強要が始まった。理沙は六年生になって転校してきたばかりでそれどころじゃないのと、元々オマセとは程遠い女子だったので焦った。

「大槻ケンヂ」

「誰それ？」

理沙は年の離れた姉の影響で、同い年の子たちと聴く音楽が違っていた。音楽も本も雑誌も、話が合う子がいなかった。

「筋少の……あ、『グミ・チョコレート・パイン』とかの……」

「何それ、お菓子屋さんが好きなの？」

一人は眠そうに目を擦りだした。理沙は、どうせ私と男の子の話なんかしても退屈に決まってるんだから早く二人とも寝ればいいのにと心の中で呟いた。

腕時計をさりげなく見ると一時半だった。理沙がウトウトしているフリをすると、あとの二人も次第に静かになり完全に寝息だけが聞こえる部屋になった。決められた起床時間まであと五時間弱。理沙は両手の指先を合わせて拍動を感じたり、かかとでお尻をトントン蹴って過ごした。

皆、よく眠っている。楽しくて寝られないだの寝顔を見られたら恥ずかしいだのと散々言っておきながら、だらしのない顔を晒して眠っている。よく聞く「遠足の前日」の話もおそらく嘘で、皆一瞬で眠りに堕ちているに違いない。

理沙は眠れないのではなく自分で眠らないことを選択しているので、羨ましくは思っていない。睡魔と闘って起きているわけでもないので、しんどくもない。ごく自然に、眠らないことにしていた。

理沙は眠るのが嫌いだった。新生児の時から眠るのが苦手な子で、母親が夜中にふと起きて、目覚めているのに泣くわけでもなく暗闇の中ただ静かに自分の手を見つめている理沙に気が付き不気味に思うことがしばしばあった。

就学する少し前から、部屋で布団に入って寝ることを拒否した。土の床の玄関で、ベニヤ板で作られた靴棚と土壁の隙間で毛布にくるまり膝を抱えて座ったままウトウトと夜を越した。何度母親が注意しても、小学生になっても、理沙は玄関で座って少しだけ寝るというスタイルをやめることはなかった。

理沙は熟睡するかもしれない、と思うことが怖かった。意識を完全に失って眠りこけて、気が付いたら朝というのはどういう気分だろう？　時間を失う、記憶を失う、その間自分は生きているのか死んでいるのか？　この肉体はその間、どうなっているのか？　夢の存在は充分経験して知っていた。ウトウトしていると、たくさんの夢を見る。でもそれは、夢を見ていると自分で意識しながら見ていた。もし夢を夢と認識できない状態になったら？　恐怖で目が覚めたとか悲しい夢のせいで一日気が重かったという話もよく聞いていたので、自分はそのような経験はしたくないと怯えていた。

どうしても誰かと一緒の部屋で寝なければいけない状況になると、一応布団には入るけれど眠らずに人の寝姿を観察することに集中した。それが誰であれ、人の寝ているところはあまりいいものではない。こんなに無防備でいて大丈夫なのかと心配になる。

人は、寝ている時に全てを失っている。厳しくて怖い母親も、全てにだらしのない父親も、たいして差のない人間になる。激しい鼾《いびき》をかくか静かな寝息かということで人にかける迷惑の度合いに大きな差はあるけれど、その人が起きている時に積み上げてきたものは全てなくなり、無の顔になる。理沙には、人が眠ると顔だけが大きく膨張するように見えた。何にもない、空っぽの大きな顔。理沙は人がぐっすりと眠りこけることを醜いと思い、蔑んでもいた。

小学五年生の冬休み、理沙は神戸の叔母の家に預けられていた。冬休みが終わる頃にちょうどインフルエンザにかかり、三学期が始まっても起き上がれずそのまま叔母の家で過ごした。寝るものか寝るものかと思っても、熱のせいで頭がぼうっとして意識が遠のく。熱が四十度を超えると夢か現実かわからない音が聞こえた。朝だったはずがふと気が付くと窓の外はもう真っ暗になっていたりもした。衰弱した理沙を両親はいつまでも迎えに来なかったので、叔母はしょっちゅう文句を言っていた。

早朝、熱は下がっていたもののまだ食欲がなく寝たり起きたりを繰り返していた理沙は、家が激しく揺れていることに気が付いても起き上がらなかった。木が割れる大きな音がして天井が落ちてくる直前、叔母が何かを叫んだ。

気が付くと理沙の右腕は何かに圧し潰されていて、自分のものではなくなったように感覚がなかった。外の風が吹き込み寒いと思ったらすぐにそれは熱い空気に変わった。何かが焼けている臭い。叔父の叫び声。眠ってしまう。でも、今眠るのはいいことかもしれない。理沙は眠ることを選んだ。

誰かに瓦礫の下から救出され病院で全ての処置が終わるまで、何の夢を見ることもなく眠り続けていた。理沙が自分で知っている限り初めての深い眠りだった。あれは、死んでいたに違いないと理沙は確信している。なぜ目覚めることができたのかわからない。ということは、次に深く眠るとそのままずっと目覚められなくて火葬され灰になるかもしれない。理沙はますます眠ることが怖くなった。

中学生になると、理沙は玄関で夜を越すことをやめた。夜が深くなる前に電車に乗り、一時間ほどかけて大阪のミナミにある若者の集う公園に向かった。フードをすっぽりとかぶり、電車の中でウトウトとした。公園に着くといつも同じ場所に膝を抱えて座り、目を閉じたり開けたりして夜明けを待った。夜通し賑やかな都会の公園は、たまに誰かが声をかけてきたりするのでずっとゆっくりできるわけではなかったが、理沙の嫌いな「奇異の目」で見られることはなかった。誰も理沙を変な子扱いすることはなかった。裸にたくさんの電球を纏って叫びながら走り回っているような派手な男でさえ自然な風景として受け入れられている、受容の空間だった。

夜が明けると始発の電車でまた一時間かけて家に帰り、制服に着替えて登校する。学校でウトウトするようなことはなかった。自分で寝不足だと感じることも特になかった。

二　寝る

高校に進学することなく親元を離れ都会で夜の仕事を始めた理沙は、初めて親友ができた。親友は理沙がほとんど眠らないこととその理由を知るとそれを笑った。

「若いね。無防備になれないって、弱い証拠じゃない？　余裕なさ過ぎて、だらしない顔して寝るよりよっぽどカッコ悪いよ」

他の誰にどう思われてもあまり気にならないが、親友の生き様、言動、全てをかっこいいと思っていた理沙は彼女にそう言われるとショックだった。彼女はどこでもすぐに眠った。理沙の家に泊まりに来た時も、ベッドも敷布団もない部屋で平気で床に転がってすぐに眠りに落ちた。一緒に居酒屋で飲んでいても「ちょっと飲み過ぎたから寝る」と言って自由に眠る。理沙は無防備な姿で眠ることをだんだん羨ましく思うようになっていた。

いつも通り仕事帰りに一人で飲んでから家路に就こうとした理沙はその日、普段より多めにお酒を飲んだ。いつもの飲み屋を出て、さらにコンビニに寄って小さな瓶の日本酒を買った。コンビニを出た時、溝を塞いでいる銀色の網目にヒールが嵌って音を立てて折れた。大人に見せるために毎日履いているお気に入りのピンヒールを日本酒の入った袋に突っ込んで裸足で歩いていると、行き交う人の視線を感じた。午前三時に泥酔している裸足の女は、自分が蔑んでいる「熟睡している人の顔」より蔑まれるべきものなのだろう、と理沙は気が付いた。

(それでも眠るのが怖い?)閉店した本屋のシャッターの前にしゃがみ込んで自問した。体が重くて家まで帰れそうにない。

(醜いだけでなく、目覚められなくなりそうで怖い。でももう二度と目覚めないのがそんなに怖いかと言えば、今はそうでもないかもしれない)

気が付くと、顔中ひげで覆われた男が理沙を覗き込んでいた。

「生きてるな」

男は独り言のようにかすれた声で呟いて、靴を履いていない理沙の足に視線を移した。ここで寝るのは危ないからついてくるように言い理沙の靴と酒の入った袋を取って歩き出した男に、理沙は不審に思いながらも重い体を起こしてついて行った。

もう春も終わるというのにボロボロの冬物コートを着て大きなビニール袋に何か布のような物を詰め込み、それをサンタクロースのように担いでいる男は高架下の段ボールでできた彼の家に入って寝るよう理沙を促した。

理沙にはその男が人の良い目をしているように思えたし、この親切を断るとお高くとまっている嫌な人間になるような気がしたので、「お邪魔します」と言って妙な湿度の布団に寝転がった。

(この臭い知ってる)理沙は男が入り口に浅く腰掛け外を向いているのを見て安心した。いつもよりたくさん飲んだせいか目を開けていられなくなった。(震災で骨折した腕のギプスを久しぶりに取った時の、あの萎えた腕に何層にもなってこびりついた垢の臭い)

体を丸めて寝る理沙の太腿をゴワゴワした指が遠慮がちに這っていることに気が

付いたが、目を開けるのも何か言うのも面倒なほど頭も体も重かった。理沙は自分が深く眠ることを受け入れた。

真冬の仕事帰り、理沙は駅前のコンビニでワンカップの日本酒を買い、一人の女性の前に座り込んで飲んでいた。最終電車から降りてきた人たちももう姿を消していて、静まり返った冬の夜空の下一人ギターを弾きながら歌っているその女性は、理沙と同じ酒を傍らに置いていた。オリジナルと思われる曲を歌い終えると理沙をチラリと見て、次の曲のイントロをつま弾いた。

「あ、その曲知ってる」

理沙が思わず口に出してそう言うと、女性はギターを弾きながら上目遣いで理沙を見て口の端で笑った。理沙は、このまま彼女のライブを観ていていいのだと解釈した。

理沙は彼女が夜遅くにここで歌っていることをずっと前から知っていた。知っていたけれど近づこうとは思わなかった。目を閉じて自分に酔ったように歌う彼女のことがなんとなく気に入らなかった。でもこの日は家に帰るよりもう少しこの寒空を味わっていたかったので、特に聴きたいわけでもないけれど彼女の目の前の特等席に座ってみた。顔だけ見ていると眠りながら歌っているようだけれど、声には迫力がある。よく伸びるいい声に理沙は目を瞑った。気が付くと彼女の歌声もギターの音も止んでいた。

「こんな寒い中で寝たら死ぬよ。家、遠いの？」

歌っている時とはだいぶ違う、低くて年を感じさせる声で彼女は理沙に訊いた。

理沙は、家は近いけどまだ帰らない、寝ないから大丈夫と小さく答えた。かじかんだ手に白い息を吐いたり大袈裟に両手を擦り合わせたりしながら、三十代後半らしきその女性は興味が無いのを装った顔で時折理沙にチラチラ視線を遣った。

「おねえさんは、まだ帰らないの？　寒いのになんでここで歌ってるの？」

理沙が訊くと、「もう帰るからあんたも帰りなさい」と、母親のような口調で言って女性はケースにギターを入れ、残っていた日本酒を一気に飲み干した。理沙も横に置いていた酒を取って慌てて飲み干した。

ギターを背負って自転車を押しながらまだ歌う女性は、理沙が横を歩いてどこまでもついてくるのを拒否しなかった。二人でオリビア・ニュートン・ジョンを歌いながら女性の住むマンションに着き、一人暮らしだというその部屋に理沙も入れてもらった。

「この年まで独身でいると、仕事頑張るしかなくてお金だけは貯まるんだけどね。毎日この家に帰るたびに、これでいいのかなぁって自分の人生考えちゃって嫌になるんだよね」

カヨという名のその女性は、リフォーム会社で働いているらしく職場の愚痴なども煙草をふかしながら理沙にどんどん話した。理沙は「自分も仕事をしているから人間関係のしんどさはわかる気がする」と言った。若いのに偉いじゃん、とカヨはいかにも口先だけという感じで理沙を褒めた。二人はだんだん眠くなっていた。メイクをちゃんと落とした方がいいとカヨにアドバイスされ、理沙はそれに従った。

カヨの化粧品を貸してもらうために鏡台代わりのミニテーブルの前に座った理沙は、そこに並んでいる綺麗な香水瓶と初めて見る豪華なコンパクトに心が躍った。

「これ？　全部ジルスチュアートの香水。瓶が可愛いから集めてるの。このコンパクトはおしろい。ミラノコレクションっていうの、知らない？　使い心地も香りも最高にいいから毎年予約して買ってるんだ」

ヨーロッパのペンダントに見られるような女神がキラキラ光る薄金色のコンパクトの中央に描かれている。開けて中身を見せてもらうと、固められたおしろいの粉の中央にも女神が彫られていた。「すごくオススメだけど、十代の子が買うには高価すぎるかもね」とカヨは笑った。理沙は「ミラノコレクション」と呟き、何度も開けたり閉めたりした。香水瓶も、ひとつひとつそっと手に取ってそのシェイプを指でなぞった。

カヨはベッドで、理沙はコタツで眠ることになった。明日は仕事だから七時半には出てってよと言って、カヨは理沙を泊めてくれた。カヨが寝息を立てる中、理沙はコタツ布団に肩まで入って体を丸めてはいたが、ずっと目を開けていた。

（十代の子には高価って、おしろいが何十万もするわけじゃあるまいし）理沙はカヨの部屋の玄関に入ってすぐ目についた靴のことも思い出していた。

（あの素敵な靴に比べたら、私のパンプスはただヒールが細くて高さがあるだけで安っぽくて子供用みたい。確かルブタンとか言ってた。あれは何十万もするかもしれない）

理沙は体を起こして傍のベッドで眠っているカヨを見た。仕事の不満や将来の不安を夜の路上で歌にして吐き出しているこの人も、何の悩みもないような顔をして眠っている。きっとすごく仕事ができて高給取りなのだろうけど、どんな顔をして仕事をしているのか寝顔からは想像がつかない。人の寝顔はカッコ悪いと思っていたけれど、この何も苦労を感じさせない無垢な顔がカッコいいのかもしれない。親友の言っていた「余裕」が少しずつわかってきた気がした。理沙は隙を見せることの魅力について考えると同時に、カヨの所有している素敵な大人の象徴のような物たちのことをぐるぐると鮮明に思い出していた。

少しずつ脳は睡眠の状態に入って行き、ルブタンのパンプスを履いて鏡の前に立つ理沙の映像が夢として流れた。ミラノコレクションのおしろいの香りをふんわりと纏い、程よい隙を持ち合わせた大人の余裕漂う自分の姿を、その夜、理沙は苦い夢としてハッキリ見た。

三　寝ずの番

二十歳になる頃には、理沙はクローゼットに何足かルブタンのパンプスを入れていた。ミラノコレクションのおしろいは毎年予約して買うことに決めていた。狭いアパートの片隅の棚に香水瓶をたくさん並べた。大人の余裕としての隙は、計算して作っていた。「すぐにどこでも寝る人」を、親友を手本に演じていた。それを演じれば演じるほど、人前で本当に睡眠をとることはできなくなった。理沙は子供の時より強く、人の寝顔に嫌悪を感じるようになっていた。それは理沙が収入を増やすためにたくさんの人の眠りに立ち会うようになったせいに違いなかった。

（早く寝ればいいのに、年寄りのくせになんて元気なの）理沙は、浴衣姿で酒を飲みながら自分が現役の時は職場でどれだけ重宝がられていたかという話や、営業先での人情武勇伝を話し続ける目の前の初老の男にうんざりしていた。どんどん酒を注いで潰そうと試みているが、飲んでも飲んでも饒舌になるだけで一向に寝る気配がない。理沙の仕事がいつまでも終わらない。男がそろそろ寝ようと言えば、座敷に敷かれた布団に入り無垢な寝顔を見せて男が寝入るのを待てばいい。そうすればそこからは、二十四時間入浴できる露天風呂付大浴場で一人のびのびとした時間を過ごせる。

旅先の温泉に一人で浸かる時、理沙はその旅館に誰と来ているかなどは考えなかった。この一泊で得るお金で何を買おうか考えることに集中して明日朝からまた何時間か、男と解散して一人になるまで頑張ろうと気合を入れてそっと布団に戻り、全く眠らないままジッと夜明けを待つ。

帰りの道中は、思い切り楽しんで疲れ切ったというように乗り物内でウトウトしていれば余計な会話もしなくて済むし、「安心しきって隙を見せている」と好意的に捉えてもらえることが多い。と言っても理沙は人前で本当にウトウトすることはこの頃全くなくなっていたので、それも演技だった。そのかわりに、家に帰って一人になると死んだように眠った。子供の頃のように毎晩ウトウト程度にしか睡眠をとらずに生きることはできなくなっていた。

仕事だからと笑顔で相槌を打ってお酌をしていた理沙だが、夜の仕事の後ほとんど休むことなくこの初老の男と温泉旅行に出たため、そろそろ一人になりたくてしょうがなかった。仕事のスケジュールを組むことに失敗したと理沙は後悔した。

お酒をたくさん飲んだ時に肝臓を保護してくれるサプリメントだと偽って、カバンからピルケースに入った睡眠導入剤を取り出して男に渡し、理沙が同量を先に飲んだ。男も疑うことなくその薬を飲んだ。だらしなく浴衣をはだけて座ったまま天井に顔を向け一瞬大きな鼾を立ててはハッと目覚める男を布団に入るよう促し、その夜の仕事をやっと終えた理沙はホッと溜息をついた。理沙は睡眠導入剤を規定量飲んだくらいでは眠らない。男の顔はどこまでもだらしがない。何歳になっても人は赤ちゃんの頃の顔で眠るのだろう。いい意味では全くなく、大人の赤ちゃんは少しも可愛くなくて不潔な感じがする。理沙は楽しみにしていた今日二回目の露天風呂に向かった。

祖父が亡くなった時、理沙は人が目覚めることのない眠りについているところを初めてじっくりと見た。だらしのない寝顔というより、大人の落ち着きを感じる寝顔だった。

祖父は理沙にとってあまり近い存在ではなかったが、幼い頃に折り紙やコマまわしを教えてくれたり煙草の煙で輪っかを作って見せてくれた記憶は残っていた。祖父が眠る自治会館の一室で、線香の火を絶やさないように順番で夜通し番をした。

理沙は死んでいる人の前なら安心してウトウトできるかと思ったが、そうもいかなかった。祖父と二人になっても少しも眠気は来なかった。死のにおいというものが存在すると思っている理沙は、線香の匂いとドライアイスによってそれが感じられないことを残念に思った。

（死ぬと人は、「一人二人」ではなく「一体二体」と数えるんだったかな。私と祖

父、一人と一体）

もしかしたら、眠るのと死ぬのは全く繋がっていないのかもしれない、とも理沙は考え始めた。（眠っているような穏やかな死に顔とかいう表現があるけれど、同じ穏やかでも眠っている時の間抜けなだらしない顔とは全く違う）

理沙は、人の眠っている顔は好きではないが、死んだ人の顔は嫌いじゃないかもしれないともう一度祖父を覗き込んだ。不潔さがないのは、命がある時には当たり前にあったあらゆる本能がなくなっているからだと思い当たった。きっと夢も見ていない。人は死ぬと清潔な顔になるのだと理沙は感心しながら、新たに火をつけた線香で香炉の灰の地ならしをした。

父親を失い憔悴しきった表情の理沙の母がフラフラと遺体と理沙のいる部屋に入って来た。彼女は仮眠さえも取っていないようだった。「大丈夫？」と理沙が訊いても母親は答えなかった。

「おじいちゃんは」ドラマのような調子で母親は話し始めた。

「口数は少ないけど、愛情深い人だった。どんな時でも静かに見守ってくれる優しい父親だった。たったひとりの私のお父さん……死んじゃった、理沙ちゃん、おじいちゃん死んじゃった」

理沙は、祖父が具合が悪くなって入院をした日からずっと、母親の感傷に浸る様子にウンザリしていた。祖父の手をさすりながら声をあげて泣く彼女に、何と声をかけていいかわからなかった。こういう時、理沙も感傷的な言葉で母親に共感を示せば少し救いになったのかもしれないが、それを思いつくのはもっと何年も経ってからだった。母の嗚咽を聞いていると人の死と睡眠について考えを巡らせていたのがストップし、急激に眠くなった。

四　夏の夢

睡眠への抵抗感を精神科の医師に相談したことがあった理沙は、その病院に行けばすぐに睡眠薬を処方してもらえた。何かの時のためにと飲まずに取ってある睡眠薬は結構な量となってキッチンの引き出しに押し込まれていた。

一人暮らしで安心して眠れる状況で、尚且つ死に対する恐怖をあまり感じなくなった理沙は、その気になれば毎日三時間くらいは熟睡できるようになっていた。それでも一応と、たまに睡眠薬の在庫を追加するために精神科に通った。

ある休日、理沙は眠ってから一時間程で目が覚め、だるい体を無理矢理起こしてキッチンに向かった。冷蔵庫のお茶を飲むだけのつもりが、ふと調理台下の引き出しが目についた。薬局の名前が印字された紙の袋に入ったままの薬を出して、ひとつずつ丁寧に口に運んだ。たまにお茶を飲みながら、理沙はぼんやりしたまま次々袋を開け、ずっと同じリズムで飲み続けた。頭に浮かんでいたのは、小学校の時にプールに入れられていた消毒のための塩素の錠剤だった。あれに比べたらとても小さいこの薬は、たくさん飲まないと体の中が綺麗にならないと理沙は考えていた。体の中から消毒する薬だという考えに取り憑かれて、理沙は睡眠薬を飲み続けた。最後の袋を開ける時、これを最後まで飲むと浄化がストップされてしまう、と思いつき、それを引き出しに戻した。

眠り続けて丸二日が経って、唯一の親友が理沙が電話にもメールにも応答しないことを心配して家まで来て睡眠薬の空シートと嘔吐した形跡を発見し、救急車を呼んだ。致死量どころか後遺症も残らないくらいの服薬量だったが、理沙は自殺未遂をしたと思われて精神科に入院することになった。

自殺未遂をしたとされる理沙に、医者も看護師も厳しかった。理沙は自殺企図を何度も否定したが、医師にはそれがうまく伝わらなかった。

「死にたいと思うことは昔からあった?」

「昔も今も、積極的に死にたいと思ったことはありません」

「睡眠薬とわかっていてたくさん飲んだよね？　自殺するために薬をたくさん貯めておいたんでしょう？」

「この薬を飲んだら体が浄化されると思ったんです。理由はわからないけど、その時はそんな気がして飲んだから、死のうとかは少しも考えてません。薬は、何かの時のためにとってあっただけです」

「何かの時って、死にたくなった時のため？」

「いえ、どうしても眠れなくて困る時期が来た時のためです」

理沙は何も話したくなくなっていたが、自殺する気がないことを理解してもらわないことには退院できないため、同じことを主張し続けた。退院しないと寝不足でどうにかなりそうだった。どんなに眠くても、ただでさえ人がいると眠れない理沙が、入院患者が異様な声や音を出す病室で眠れるわけがなかった。

「私は皇族の出身なのよ。あなたたち、無礼な態度は控えることね」

そんなことを言っては他の患者に「じゃあなんでこんなところに入れられてる

の」と笑われたり「嘘つきばばぁ」と罵られている五十代の同室の女性は、理沙だけが黙って話を聞くので、ことあるごとに理沙の傍に来て虚言を吐いた。理沙は毎日（もう少し上手い嘘のつき方があるだろうに）とその女性の理論的でない頭に同情しながら、否定も肯定もせず聞いていた。

もう一人、理沙を話し相手に選んで近づいてきた女がいた。隣の病室の女で、年は二十二だと言っているが明らかに三十過ぎに見えた。

「理沙ちゃんは彼氏、いる？　私には婚約してる彼氏がいるの。彼はあたしのことすごぉく愛してるのよ。理沙ちゃんに見せてあげたいな。とっても優しくてカッコイイ人なんだから」

理沙は何も気にならず彼女の惚気《のろけ》話を聞いていたが、他の患者に「あの子ひどい妄想と虚言癖だから信じちゃダメよ。彼氏の存在も全部妄想だからね。あんな子と付き合う男がいるわけないじゃない」と教えられてからは彼女の話を聞くのが苦痛になった。幸せそうに話すことが全て妄想なら、そしてそれを妄想と気づいていないのなら、そのまま現実と向き合わずに死んでいったほうが幸福なのではないかと思った。治療して本当の幸せを手に入れるまでにどれだけの苦しみが待っているのだろう？　理沙はその妄想に生きる女性と話している時、頭にいつもフランス・ギャルの舌足らずな歌が流れていた。（夢に見た王子様　白い馬に乗って……）

「理沙ちゃん、薬、何飲まされてる？　全部必要としてる？　してないよねぇ。理沙ちゃんいつも落ち着いてるもの。落ち着くやつ、私に譲ってくれない？　飲んだフリして口の中に隠すのよ。口の中を見せる時うまく舌で移動させれば気付かれないから、あとで吐き出して置いておいてよ」

妄想世界の住人である彼女は、幸せそうに見えてやはり苦しんでいるらしかった。理沙は抗不安薬と抗鬱薬と睡眠薬を処方されていたけれど、必要と感じていないのでできれば飲みたくないと思っていた。それでもここでは決まった時間に飲まされて、飲み込んだかどうか口の中をチェックされる。飲まなくていい方法を聞いた理沙は、喜んで彼女との取引に応じた。

「良かった。今の量だと足りないって言ってるのに全然増やしてくれないのよ、あのヤブ医者。助かったわ、理沙ちゃん。もちろんお礼はするわよ。内緒の話だけど彼、とってもお金持ちなの。退院後生活に困ったりしないように充分なお金を、私から頼んであげるからね。私の恩人だって言ったら、理沙ちゃんが断ってもたくさんのお金を積むわよ、彼。泣いてお礼を言うかもね」

理沙は彼女の言葉に、一応笑顔を返しておいた。


「看護婦さん、あの子のね、口の中、ちゃあんと調べてくださいよ。私聞いたんだから。隣の病室のお嬢さんとお薬の取引しているんですよ。若い子ってコワイわね。平気で看護婦さんも先生も騙すんだから」

ある日食後の薬の時間に、理沙にいつも笑顔で話しかけてくる虚言癖の五十代女性が口の中に薬を隠すことにすっかり慣れた理沙を指差し、看護師に告げた。

「私は世間の汚さとは無縁の、皇族の中で気高くあるように育てられましたからね。あんな悪いことは大嫌いで許せないのよ。看護婦さん、あの子、保護室に入れたらどうかしら？」

急に向けられた敵意に理沙は唖然とした。ここに来てすぐに入れられた保護室という隔離部屋にはもう二度と入りたくなかったので、慌てて薬を飲み込んだ。

看護師は理沙と隣の病室の妄想癖の女性を呼んで、薬のやり取りをしていたのかと問い詰めた。理沙はどうすればいいのかわからず、共犯の女性を目だけで覗き見た。いい年してクマのぬいぐるみを抱き締めている彼女は、甘えた口調で看護師に説明した。

「理沙ちゃんが、くれるって言ったの。私がお薬が足りないって言ったから……お金をあげる約束で」

看護師は理沙を睨んだ。理沙は私からお金の話はしていないと慌てて訴えた。何より、彼女にお金をくれるような裕福な彼が本当に存在するとは思っていなかったし、あてにするはずがない。

理沙は看護師に必死で訴えたが妄想癖の女の持ち物の中から理沙が渡した薬が発見され、「反社会性の性格が認められ、人に害を与える恐れがある」という理由で保護室に入れられた。

窓のない、一面茶色っぽい色に塗られた何もない部屋。扉のないトイレが設置してあり、看護師の目が柵のついた穴から頻繁に覗く。ナースステーションを挟んで反対側にある保護室からと思われる怒鳴り声が聞こえてくる。早く鎮静剤を打って静かにさせてくれればいいのにと理沙は溜息をついた。

この部屋にいると、食事、服薬、排泄、睡眠以外にすることがない。理沙は壁にもたれて膝を抱えて座り、歌を歌った。知っている歌を全部歌おうと試みたが、看護師の目が柵越しに見えるたびに自然と声は小さくなって、やがて黙ってしまった。

ずっと聞こえていた違う保護室からの怒鳴り声は理沙の歌声より早く消えていた。鎮静剤を打たれたようだった。

（私は狂わない）理沙はいつでも自分の脳が冷えている自覚があった。入院中、他のどんな患者と接しても、重い精神病患者として扱われても、この気持ちの悪い「脳の冷え」は変わらなかった。理不尽な入院を理不尽でなくするために何度か他の患者を真似て取り乱してみようと思ったが、どうも白々しくて上手くいかなかった。（冷静なのに睡眠薬をたくさん飲んで、しかも自殺する意図が本当になかったという、それ自体がおかしいのだろうか。自殺するつもりで大量服薬する人のほうがむしろ正常なのかもしれない）そう考えると、今までの人生の自分の行動や思考全てが「正常」であったかどうか疑わしくなった。今、この病院で他の患者よりも精神的にダメな状態にある者が入る保護室に自分が隔離されることは、きっと理不尽ではなく当然のことなのだと理沙は納得した。

夕食後の薬を看護師が理沙の口に入れ、理沙は素直に飲み込んだ。受け入れ難かった扉のないトイレも、柵のついた穴も、嫌なものではなくなった。明日の朝の診察までゆっくり眠れそうな気がした。

気分転換のためだけに引っ越してきたマンションは駅からだいぶ離れていて便利とは言い難かったが、静かな住宅街の中に佇む白い外観が理沙は気に入っていた。夏の夕暮れに通勤のために駅まで歩く途中で雰囲気のいいパン屋を見つけ、休日早く起きられたらここのテラス席で朝食を摂ろうと決めた。駅前の二十四時間営業のドラッグストアも、終電や始発で帰って来る理沙にはありがたかった。マンションのキッチンはいかにも一人暮らし用という感じで一口コンロに炊事スペースのほとんどない流ししかなかったので、自炊する気にならず駅前の食堂や住宅街にある狭いラーメン屋で食事をした。

理沙が休日の夕方にいつものラーメン屋に行こうとマンションの玄関を出ると、すぐ向かいの月極駐車場に凄い爆音を立てて車が入って行った。古めかしい角ばった車は必要以上に車高が低い。中から白髪混じりの男が出て来て、すぐに理沙を見つけて手をあげると、少し笑った。日に焼けた肌をしたガタイのいい中年のその男は、理沙の階下の住人だった。

「今日もラーメン喰うの？　帰りにうちに寄りなよ」

理沙は頷いたような頷かないような曖昧な頭の動きで返事をしてラーメン屋に向かった。

一匹のハムスターが大きなケージ二つを繋ぐ透明なトンネルを行ったり来たりす

るのを理沙はジッと見ていた。理沙の階下の住人の男は一人暮らしで、妙にさっぱりしたインテリアの部屋にジャンガリアンハムスターを飼っていた。

「リサ、太ったんじゃない？」

理沙は冷蔵庫から缶コーヒーを二つ出してきた男に声を掛けた。白髪混じりの男はワイシャツとスラックスを脱いで下着の白いTシャツとトランクスという姿で理沙の隣に座った。ハムスターの名前がリサなのは、偶然だった。

「ちょっと甘やかしてオヤツ与え過ぎたからかなぁ。リサ、リサ、お前よく喰うんだからもっと運動しろよ」

男はハムスターのリサに話しかける時、とても幸せそうな顔をする。強面でけたたましい音を出す車に乗っているのに、そのギャップがすごいと理沙はいつも感心した。

「なんでリサって名前にしたの」

理沙が訊くと、男はケージを開けてリサの背中を撫でながら答えた。

「可愛い女の子の名前が良かったんだよ。恋人にしようと思って」

理沙は口には出さなかったが、露骨に「気持ち悪い」という顔をした。男は理沙の顔を見ていなかった。

「俺、人間の女嫌いなんだよね。人間の女の体臭とか、声とか肌の質感とか、吐き気がする。ほら、よくポストにデリヘルの広告入ってるだろ、あれに載ってる女の笑顔とか、虫唾が走るなぁ」

男はハムスターのリサを両手で抱き、指を噛まれながらも背中にキスを浴びせていた。

引っ越してきたその日に会ったこの男は、性欲を全く持っていないことが理沙にはすぐわかった。ハムスターを飼っていることを聞いてなんとなく男の部屋に出入りするようになり、男はいつでも理沙を久しぶりに帰省した娘のようにもてなした。

理沙もリサを抱っこさせてもらおうと両手で受ける形を作ったが、リサは暴れたり後ろ足で理沙の手を蹴って男の元に戻りたがったので諦めた。「女性のことで何か嫌なことでもあったの」と口から出そうになったが、その質問はやめておいた。嫌な過去を聞いたところで何か気の利いたことが言えるわけではないし、大して興味のない相手の人生の深い所に触れるものじゃないということは、二十年ちょっとの人生で学んだもののひとつだった。

「理沙ちゃんは人間の女なのにあんまり人間ぽくなくていいな。よくわからないけど、清潔な気がする」

男の言葉の本意はわからないながら、理沙は複雑な気持ちになった。

「別に清潔じゃないよ。さっき言ってた、デリヘルの、ほら、ああいうのと近い仕事してるし」

今まで訊かれなかったので、理沙は自分の仕事について男に話したことがなかった。男はハムスターのリサをしつこく両手で捏ね繰り回しながら理沙をじっと見つめた。男が黙って理沙を見つめ続けるので、理沙は戸惑った。（あれ？　夜働いてることはずっと前言ったから、職種もなんとなく察してくれてるのかと思ってた）

「風俗で働いてるの？」

男は低く静かに訊いた。理沙は「まぁ、そういう感じの」とできるだけ男の感情を揺さぶらないように工夫したつもりで曖昧に答えながら、誠実の演出のために男の目を見つめ返した。男がハムスターのリサを握った右手を高く掲げ、強く振り下ろした。掃除の行き届いた薄茶のフローリングで、トマトが潰れたのと同じ音がした。理沙は視界にある動かないジャンガリアンハムスターに焦点を合わせないように努力した。

「見ろよ、お前のせいなんだから」

男は先程まで彼の手の中でフニフニ弄りまわしていた恋人代わりのペットを指さした。

「なんだよその目は。お前みたいな裏切り者が触って汚したリサは、もう俺には育てられないんだよ。この子に罪はないのに可哀想に」

下着姿の男は本気で言っているようだった。理沙は自分が謝るべきなのか考えたがどうも違うような気がして、男の正気を疑った。男に背を向けないように立ち上がり、後ずさりしながら男の部屋を出た。男は理沙に憎悪の目を向けたまま、でも出て行くことを止めはしなかった。

自分の部屋に帰った理沙は玄関に入ってすぐに服を全部脱ぎ、それを洗濯機に押し込むとシャワーを浴びた。いつものように頭から爪先まで、力任せに手でこすった。ボディソープを泡立て、特に内腿から陰部にかけては赤くなるまで手の平や指の腹でガシガシと洗うことは、理沙が毎日風呂ですることだった。熱いシャワーを浴びながら懸命に体をこすって心拍が上がると、自然に階下の白髪混じりの男に怒りが湧いてきた。(あいつの頭がトマトみたいに潰れればよかったのに。裏切り者って、私に何を期待してたのよ)

風呂場から出るとすぐに香りの強いボディクリームを塗りたくり、自分でこすって痛めつけた肌を労わった。

(逆に、私はあの男に何を期待していたんだろう)髪も乾かさずにベッドに寝転ぶと、疲労感が急に襲ってきた。

理沙は最上階の特権で天井に小窓があるこの小さい部屋が好きだった。小窓から見える四角い夜空を見ていると、自然に頭の回転が鈍くなり時計の秒針音が途切れるようになる。目を開けているつもりなのに目の前に無いはずのものが瞼の裏に映し出されるようになると、眠りに落ちるまであとわずかということだった。

酒に酔った父親が理沙の母親と兄弟の前で、よその女を見る目で理沙を眺めて卑猥なことを言う夢を見た。理沙は現実ではそんな父親に反応を示さず黙ってその場を離れたが、夢の中では父親を土の中に埋めることがしばしばあった。どんどん土を被る父親の顔は、途中でてるてる坊主に変わった。そして地中に埋めたはずの父親の気配を後ろに感じてゾッとして起きる。汗だくで目覚めた理沙は身の毛もよだつ願望に気が付いた。性欲のなさそうな、年が離れた男性に「正しい父親」になってくれるのを期待してすり寄っていったのだと理解すると、自分の膝小僧をトマトみたいに潰したくなった。

五　微睡み

「ウサギは振り返ってもカメが追い付いてこないので、ひと休みすることにしました。カメがエッチラオッチラ、やっと追い付いた頃にはウサギはすっかり眠りこけていました。カメは寝ているウサギを追い越して、エッチラオッチラ一生懸命進みました」

「カメさんはそのまま歩き続けたの？」

目を丸くする幼い理沙に、祖母はニッコリして「そうよ」と得意げに言った。

「それでウサギさんに勝っちゃうんだから」

「私がカメさんで、ウサギさんが寝ていたら、遅すぎる私との競走は嫌になったのだと思って、悲しくて泣いておうちに帰るかも。それから遅くてごめんなさいってウサギさんにお手紙を書くよ」

理沙はそう言うと落ち込んだようにうつむいた。カメがウサギより先にゴールしたことより、かけっこの途中で寝るというウサギの行為の意味とカメの心情ばかりを気にした。

「理沙に昔話をしてもなんだか手ごたえがないわねえ」

祖母はラジオのスイッチを入れると、編みかけのカーディガンを手に取り黙って編み棒を動かした。


同じ店で働いていたけれど年齢的にキツくなり、若い子に客を奪われるからと熟女専門店に移ったアンナに街で再会した理沙は、遊びにおいでと誘われて久しぶりに彼女の家に行くことにした。途中コンビニで自分たちのためのお酒と、一人で留守番しているというアンナの娘にお土産のお菓子を買って行った。

深夜だというのに小学三年生のアンナの娘は、起きて母親を出迎えた。ピンクのパジャマを着た髪の長い少女は部屋に入るなり理沙に「冷たいお茶でいい？」と聞き、グラスに冷蔵庫のお茶を注いで持ってきてくれた。こんな子供に気を使わせて申し訳ないと、理沙は深夜の訪問を反省して謝罪した。

「お母さんの友達、よくうちに泊まりに来るから大丈夫」

ヒナというしっかりしたこの子は、理沙が渡したお菓子のたくさん入ったコンビニ袋をキラキラした目で開け、食べていい？　と母親に訊いて了承を得るとアーモンドチョコを早速口に入れた。

理沙はアンナとワインで再会を祝い、アンナの仕事の愚痴を聞き、たまに入るヒナの絶妙な母親への突っ込みに、感心したり笑ったりしていた。

「ヒナ、そろそろ寝ないと明日起きれないよ。あ、そうそう、水島さんが夏休みにどこかヒナの好きなとこ行こうって言ってたよ。どこ行くか考えといて」

アンナがヒナからコーラのグミを取り上げて言った。

「また三人で旅行？」

「うん。また美味しいもの食べて、いいホテル泊まれるよ」

ヒナは立ち上がろうとはせずにうつむいてパジャマのボタンをいじった。

「何よ？」

細い眉を威圧的にピクリとさせるアンナに、ヒナだけでなく理沙もオドオドとした。アンナは煙草に火をつけておきながら少しも吸わず、大きな目でヒナを見つめた。

「この前バリ連れてってもらって楽しかったでしょ？　あ、水島さん、客なんだけどいい人でさ、しょっちゅうヒナも込みでいろんなとこ連れてってくれるのよ」

少し柔らかい口調になって理沙に説明するアンナに、理沙はヒナの表情を気にしながら「へぇ」と興味ありそうに応えた。（子供と言っても赤ちゃんじゃないんだし、しかも女の子なのに客と三人で旅行って）理沙はヒナが実は嫌がっているだろうことは充分理解できるし、当然だと思った。

「お母さん、たまには水島さんと二人で行きなよ。私留守番できるから」

遠慮がちにおずおずとヒナがそう言うと、アンナはこぼれた灰をウェットティッシュで拭きながら深い溜息をついた。

「お母さんは、ヒナがいてくれるほうが嬉しいんだけどな」

「水島さんと仲良しなんだから、たまには二人きりになったらいいのに」

ヒナの母親譲りの大きな目は少し潤んでいた。理沙は母親のためと言って旅行に行くのを何とか回避しようとするヒナを賢い子だと思った。

アンナは「この話はまた明日しよ。歯磨いて寝なさい。お母さんも眠くなってきた」とグラスに残ったワインを飲み干した。

「理沙、泊まって行くでしょ。そっちのソファで寝てね」

理沙のほうもヒナのほうも見ることなくソファの背もたれに頭をのせ、アンナは目を瞑った。彼女は自分の思い通りにならない時に拗ねるタイプだと理沙は考えた。そんな母親を見つめて、ヒナは困ったように座ったままでいた。

「お母さんの友達の、女の人が泊まりに来るのはちっとも嫌じゃないの。男の人は……水島さんは本当に困るの」

決心して振り絞ったようなヒナの言葉にアンナは反応を示さず目を瞑ったままだ

った。理沙は我慢ができず、「ちゃんと聞いてあげなよ」とアンナの細すぎる太腿を軽く叩いた。ヒナは理沙をジェスチャーで制止した。

「お母さん、眠い時はホントに我慢できないからすぐ寝ちゃうの」

理沙は九歳とはとても思えない程大人びた表情をするヒナを不憫に思った。理沙はヒナが歯を磨こうと廊下に出たのを追いかけて、水島さんに何か嫌なことを言われるとか、されることがあるのか、心の中では非常に動揺していたけれど特に何でもないことのように尋ねた。

「胸が膨らんできたか見せろって言われたり、キスをして舌を口の中に入れてくるのが気持ち悪くて嫌」

ヒナの答えに理沙は眩暈《めまい》がした。お母さんはそれを知らないのかと訊くと、言うのが怖いから言っていないとのことだった。眩暈と吐き気と、足の裏から上がってくる寒気に理沙の呼吸は浅くなった。

「ね、お母さんに言ったらどうなると思う？　私、お母さんに嫌われる？」

立ち尽くす理沙にヒナは不安げな顔をした。

（お母さんは、あなたを嫌わない。そんなことする水島さんは最低だからもう会わないって言うよ。大丈夫、勇気を出してそのことを話してみて）無責任な言葉が口から出そうになったが、すぐに引っ込んだ。自分の母親や祖母を思い出していた。

「それはわからないけど、ヒナちゃんがもう水島さんと会わないようにはしなきゃいけない。お母さんがどう思おうと、ヒナちゃんは自分を守る権利があるんだよ」

こんなことを言ってもどうにもならないかもしれないとわかりながら、理沙は独り言のように言った。「私からお母さんに伝えようか？」とヒナに訊くと、ヒナは首を横に振った。理沙とヒナは、おやすみなさいと言い合って廊下で別れた。理沙はヒナの苦悩も知らずに眠るアンナの横のソファに寝転んだ。

ヒナは、今まで女手一つで育ててくれた母親に嫌な思いをさせるくらいなら自分が我慢すればいいと、沈黙を守るかもしれない。水島という男の卑劣な行動を知ったのに何も行動しなければ、理沙はその男以下の人間ではないか。

でも、もしも理沙が子供の時に母親が「この子が嘘を言っているのかあなたが嘘を言っているのか」と理沙もいる前で父親を問いただし、「この子はこういうことをされたと言っている」と性的な内容の訴えを詳細に語ったりしていたら、その場で死にたくなっただろうと想像した。助けてくれるはずの大人がちゃんと対応してくれるとは限らない。アンナがどういう行動に出るかわからない。理沙は何度も寝返りを打った。

（何も言わずもう水島とかいう男と会うのをやめて）アンナにそう主張してみようかと思ったが、アンナの感情次第でそうならないこともあると気付き、理沙はまた振り出しに戻った。

遮光カーテンの隙間から夏の朝日が差し込み、掃除の行き届いていない部屋の隅の埃が理沙の目にぼんやりと映った。朝日を感じると理沙は眠くなった。

（私はいつもいろんなことを考えるけど、結局良かれと思って、行動をしないことを選択する）そんなことを発見すると、「自分から自分を切り離したい」という気持ちが、ずっと心の地層の一番下にあるその気持ちが、自覚できるところまで表出してきたのを感じた。

（自分のことも人のことも、いろんな問題を考えているフリをして自分は無力だと言い訳をして、いつも何もしない。興味本位で首を突っ込むだけ。本当は興味もそんなにないのに）理沙はそれまでと同じように、少し眠って普通の顔をして起床し、特別なことは何もしなかった。


それから半年も経たないうちに理沙の働く店にその「水島」が来て、偶然理沙が接客することになり話の内容からアンナの娘のヒナを苦しめていた男だと確信した時も、理沙は他の客と同じように接した。

「いいね、今日は本当に癒されたよ。このまま寝ちゃいたいくらいだ。また来るよ」

水島はそう言うと、満足そうにだらしない体を横たえた。理沙は「ほんと？　絶対よ？」と言ってその男の腕に顔を寄せながら、（女なら小学生でも大人でもなんでもいい節操のない男。このまま永遠の眠りにつけばいいのに）と心の中で呪いをかけることだけはした。

その日の帰宅後、理沙はいつもより念入りに自分の内腿と陰部を擦って洗った。理沙は、自分でも少しおかしいと思えるこの行為をしながら歌っていた。決まって明るい歌を歌い、この陰気な行動によって自分が惨めにならないようにしていた。

気が済んでベッドに寝転ぶと、階下の部屋からカラカラカラと音が聞こえた。耳を澄ませてその音を聞く理沙の身体は汗でグッショリと濡れた。カラカラカラカラ……（ハムスターの走る、回転する、あれの音）

全神経が階下から聞こえるその音に集中し、何も考えられなくなった。しばらくしてカラカラという音が止み、ぺしゃっと高い音がして静寂が訪れた。今理沙が住んでいるのはあの異様な男の住む白いマンションの最上階ではない。あの後すぐに引っ越したし、何より理沙は一階に部屋を借りているので階下があるはずがない。理沙は自分の正気を疑った。精神科に入院した時そこにいた人たちの、妄想の世界に住むあの目を思い出していた。

（でも確かにハムスターがカラカラ音を立てて走る音がした）そう思った瞬間、すぐに気が付いた。（あの入院患者たちも皆、確かにその世界のものを見たり聞いた

りしていたんだ）

理沙は急いで起き上がった。体がだるかったが横になることはやめて部屋の隅で膝を抱えて座った。入院した時に自分の正常を疑ったけれどあれとは全く違う、と理沙は恐怖に震えた。眠ると現実と夢との境目がわからなくなるかもしれないと恐れ、これからは子供の時のようにできるだけ寝ないようにしようと決心し一人で頷いた。

（眠らないと決めたら、できるだけ近くに見えるものを思い浮かべるんだよ。拾った枝同士を擦り合わせるところ、すねを這うアリ、ギザギザの爪。

眠りたい時は、手に届かない遠くを思い出すんだよ。田んぼの向こうの舗装道のバス停、石畳に座っている逆さに吊るされる前の薄汚れたニワトリ、もつれているように見えるのにたくさん交差しているだけの電線、山の中でひとつだけ紅葉している木。

近いものも遠いものも、同じ場面をずっと繰り返し繰り返し頭に再生するの。くるくるくるくる）

六　覚めることのない

どこでもすぐに眠るかっこいい余裕と隙を持った親友は、いつからかその余裕を失っていた。彼女の白くて細かった腕は刃物の跡で隙間なくボコボコと膨れ上がり、全体的に赤黒くなっていた。理沙は仕事が終わっても眠らないと決めていたので毎日明け方から昼前まで、電話で親友の出口のない苦しみをただただ聞いた。常に彼女は「みんなに馬鹿にされている」「自分だけ蔑ろにされている」と怒りを抱え、自分の身体の汚さにも苦しんでいた。仕事もできなくなり引きこもりがちになった彼女からの電話は休みなく毎日だったが、見放されたと感じるのではないかと心配で理沙が電話に出ないということはできなかった。

「またリスカやっちゃった」

その言葉にイライラするようになった理沙は、親友からの電話が心底苦痛になっていた。それでも毎回止血をするように言い、彼女の虚ろな苦しみを聞き、少し眠るように穏やかな声で説得して電話を切った。彼女は何かの拍子に自分の進んできた道にふと疑問を持ち、一度立ち止まって考え始めるともう進み方がわからなくなって人生から落っこちそうになっている。

理沙は親友が毎日泣きながら話しているのは彼女だけの問題ではなく、理沙自身のことでもあるのではないかと考えた。

（私が人を個々の人間と意識していないのと同じように、誰も私を一人の人間とは思っていない。表面上大切に扱っているように見せているのはお互いさまで、皆心の中では私を汚らしいと蔑んでいるんだ）

理沙は自分の腕を眺めた。（私は汚い。汚い）どんなに自分を煽ってもその腕を刃物で傷つけようという気にはなれなくて、理沙は自分にガッカリした。自信に満ちてかっこよかった親友が何かに気付いて精神を病み自身に刃物を向けるようになったのが、とても正常で羨ましいことに思えてしょうがなかった。

あれから一度もカラカラという幻聴が聞こえることはない。子供の頃のように座って少しウトウトするだけで充分睡眠をとるというあの感覚が戻って来たのでずっとそうしているけれど、それも人間らしいとは言えない。脳はずっと冷えている。

（そもそも、なんで私は眠りたくないんだっけ？）

理沙は子供の頃に見た、人のだらしない寝顔やお棺に入った祖父の顔を思い出した。ここ何年かの間で共に寝泊まりした男たちの寝顔も思い起こしたところで、また親友から着信があった。理沙はしばらく携帯の光を眺めていたがどうしても手が動かず、初めて彼女からの電話に出なかった。

その何時間か後の夕方、出勤のため電車を待つ理沙に親友から電話があった。理沙が電話を取ると、彼女は焦っている様子だった。いつもどおりに手首を切ったはずなのに初めて見るくらいいっぱい血が出て怖くなったから救急車を呼んだ、と言う彼女の声は震えていた。

「救急車を呼んだのならもう大丈夫だから、なんとか落ち着いて待っていて。病院で処置が終わって落ち着いたら連絡してね」

理沙はできるだけ親友を落ち着かせようとゆっくりとした口調でそう言って、電車が来たから乗るねと伝えて電話を切った。電車の扉が開いた瞬間「終わった」と理沙は呟いていた。理沙は自分のその声に驚き、周りを見渡してからうつむいて席に座った。その言葉の意味を考えるのは保留にした。

理沙の働く店の女性たちは今日も人の噂話や客の悪口で盛り上がっていた。

「あの子、結婚相手に馬鹿正直にこの仕事のこと話したらしいよ。普通、客じゃない人と結婚するんだったらこんな仕事してたっての死ぬまで隠し通すよね」

「えぇー？　全部わかったうえで受け入れてくれる人がいい」

最近結婚して辞めて行った女性の話から、またいつもの聞き飽きた話題になった。理沙はネイルケアオイルを自分の短い爪に塗り指先をマッサージしながら、たまにうなずいたり首を傾けたりして聞いていた。

「最初は受け入れてくれてても、よく考えたら風俗嬢だった女なんてやだなって思い始める時が来るんだから。キレイな体の女がいいに決まってるじゃない」

「体だけ汚れてるならまだしも、心もスレてる女ばっかりだしね」

自虐的に笑う彼女たちは、まだそう何年もこういう仕事をしていない、中学卒業後からずっとこの仕事をしている理沙から見ると新人だった。

（こういうところにいる自分に酔って、汚れてるとか言うとカッコイイと思ってるんでしょ。馬鹿みたい）いつもそう思ってうんざりする。理沙はその言葉を使う彼女たちが大嫌いだった。

タバコの煙が充満するこの待機部屋には、ありきたりな恋愛の歌ばかり流れる有線がかかっている。そのせいもあってか空気が甘く湿っていてひどく不快な空間だった。理沙は「寝不足だからちょっと寝るね」と言って長ソファの端でカーディガンにくるまって顔を伏せた。

理沙の自身に対する不浄感は仕事のせいではなかった。汚いという思いから自分の体を痛めつけるようにゴシゴシ洗うのは小学生の頃からで、まだ初潮も来ていない時から陰部の中まで血が出るほど洗っていた。

小学校にあがりたての夏休み、理沙と同い年のいとこである千夏の家に泊まりに行った。千夏はクラスの子と違って理沙をいじめないし、一緒に折り紙を折ったり絵を描いたりして穏やかに遊べるので、理沙は彼女と長い時間一緒にいられるのが嬉しかった。千夏の母親で、若い頃レースクイーンをしていたという今でも美人な叔母は、現在は毛は薄いものの昔はかっこよかったであろうと思われる叔父と夫婦仲がとても良かった。千夏と理沙の見ている前でも寄り添い手を繋いで歩き、軽いキスもよく見かけた。千夏も理沙も、なんとなく顔を見合わせて照れ笑いをするしかなかった。

「理沙ちゃん、本当に可愛い女の子になったね。くりくりしたお目目がお人形さんみたい。もっと子供らしく大きな口を開けて笑ってごらん。どこでもモテモテになっちゃうから」

父の妹である叔母は、洗面所でお風呂上がりの理沙の長い髪をブラシで丁寧に梳かしながら大きな口で笑う見本をやってみせた。理沙はいつもより少し口を開けて笑ってみた。

「あらー！　前歯がずいぶん抜けてるのね！　いいじゃない、余計可愛らしい！」

そう言うと叔母は乳歯の抜けた理沙の歯茎をなぞり、理沙はくすぐったさに声を出して笑った。理沙の両親とは違って千夏の両親はとてもスキンシップを好む人たちで、理沙は戸惑いもあったが少し楽しかった。

叔父と千夏がテレビを見ているリビングに行くと、叔父は「みんなでプロレスごっこをしよう」とテレビを消した。叔母は「せっかくお風呂に入ったのにまた汗かいちゃうじゃない」と呆れたように言ったが、千夏は乗り気ですぐに彼女の父親の上に乗っかって行った。

「理沙ちゃん、二人でお父さんやっつけよう」

普段おとなしい千夏が父親とこんな風に遊ぶのかと驚きながらも、理沙は遠慮がちに叔父に近づいた。

「よし、理沙ちゃんもかかってこい」

叔父は理沙を軽々と持ち上げあぐらをかいた自分の足の間に理沙を収めた。叔父の正面から首にしがみつく千夏の脇を片手でくすぐりながら、彼は理沙を触った。

理沙は初めは雰囲気に合わせて笑っていたが、これはなんだか違うと気が付いた。七歳の理沙には何がどう違うのかはっきりはわからなかったけれど、パジャマ越しに理沙の股間を執拗にまさぐる叔父の手は千夏をくすぐっているのとは明らかに違うものだった。理沙は恐る恐る叔父の顔を見た。理沙をまっすぐ見る叔父は、初めて見る怖い目をしていた。

その日の真夜中、理沙が二階の千夏の部屋から一階にあるトイレに行き、トイレの扉を開けた時後ろに人の気配を感じて振り向くと、暗闇に叔父が立っていた。理沙は驚いたが声が出なかった。ゆっくり近づいてきた叔父は、無言で理沙を押して便座の前に立たせると自分も入って来て扉を閉めた。

「理沙ちゃん、おしっこしたくなったんだろ。見ててあげるからしてごらん。ほら、パンツ下ろして」

理沙の前にしゃがみ込んで理沙のパジャマのズボンに手をかけた叔父は力が強く、理沙は両手で必死に制止した。

「もう、おしっこしたくなくなった。部屋に戻る」

やっと叔父を押しのけてトイレを出ると、急いで階段を駆け上った。千夏の横に寝転がっても落ち着かず、いつも自分の家でしているように隅で小さくなって膝を抱えて座った。暑くて背中から頭から汗が吹き出てくるのに、足が震え奥歯がカチカチ鳴った。

その翌年の夏休み、理沙は母に「千夏ちゃんの家にお泊まりに行く？　昨年楽しかったでしょ？」と言われたので、「もう千夏ちゃんの家には行かない」と答えた。母は理沙に理由を言うようにしつこく求めた。プロレスごっこで叔父におかしな触られ方をして変な気持ちになったことを伝えると、母は溜息をついた。

「理沙、あんたお父さんの部屋の変な本でも読んだ？　おかしいのは叔父さんじゃなくてあんたのほうよ」

その言葉で、理沙はトイレでのことを言えなくなった。

「あのね。理沙がお父さんと二人にしないでとか言い出した時も言ったと思うけど、あんたがそうやって人を悪く言うと、たくさんの人が傷つくのよ。叔母さんも勿論、理沙の大好きな千夏ちゃんだってすごく嫌な気持ちになるのよ。でももういい、もう千夏ちゃんとは遊ばせないから。なんて断ればいいのよ。困った子」

それを聞いていた理沙の姉が理沙に近づいてきて耳打ちをした。

「そういうの、自意識過剰って言うのよ。そんな想像ばっかりして、理沙のヘンタイ」

姉はクスクス笑って理沙をつついた。「理沙のヘンタイ」もう一度言われると、理沙は顔を真っ赤にして姉を押した。

「やめてよ。私、ヘンタイなんかじゃない」

理沙は恥ずかしくて死んでしまいたかった。自分がおかしなことを考えているから叔父さんの行動をそんな風に捉えてしまったのだと思うと、本当に自分はどうしようもない恥ずかしい人間だと、そしてそれを母と姉に知られたなんて最悪だと絶望した。理沙に優しくしてくれる叔母や千夏に対する罪悪感にも襲われた。

理沙は人に触られることによって汚されたと感じて必要以上に体を強く擦って痛めつけるというより、性欲をもって触られたと解釈する自分を汚らしく思ってそれをしていた。
思春期に入っていろんなことの意味が理解できるようになっても、自分でも止められない行為として、その「自分を罰する儀式」は続いた。大人になると叔父のしたことはすっかり忘れたが、何か不快な思いをすると自分が汚いせいだと思えて必ずその洗い方をした。

仕事から帰った理沙は、いつも親友から電話がかかってくる時間までにシャワーを済ませ、駅前のコンビニで買った唐揚げをビールで流し込んだ。その後、テレビをつけたままベッドの上に座ってウトウトした。夜が明けても、昼を過ぎても電話はかかってこなかった。「今まだ病院？　もしかして精神科に入院することになったの？」とメールを送ったが、その返事が来ることはなかった。

七　惰眠を貪る

布団に潜る理沙の頭の上でメールの着信音が鳴った。理沙は手だけを布団から出して携帯電話をベッドから払い落とした。しばらくしてもう一度同じ音が鳴ると、理沙は半日ぶりに布団から出てトイレに行った。ベッドに戻って来る途中で冷蔵庫を開けたけれど何も入っていなかったため、グラスに水道水を注いで一気に飲んだ。

もう二週間掃除をしていない床に転がった携帯を拾い上げてメールを読み、今度はベッドから一番遠い壁に向かって投げつけた。爪を噛み、絡まりっぱなしの髪を余計にぐしゃぐしゃとかき乱しながら、理沙は狭い部屋をウロウロ行ったり来たりした。

「神武綏靖安寧懿徳、孝昭孝安……」

理沙は歴代天皇の名前を言うことで心を落ち着かせるおまじないを、このところ実行していた。子供の頃に見たアメリカの映画で、主人公が平静に戻るために歴代アメリカ大統領の名を口ずさんでいたのを思い出してやり始めたことだった。

「孝……霊、孝元。孝元、孝元……」

同じところをグルグルと歩いたため目が回って、理沙はベッドに倒れ込んだ。

（寒い）布団に入らなきゃ、と思ったが掛布団の上に乗っかった自分の身体を退かすことがどうしても面倒で、そのまままた眠りについた。

ベビーピンクのカーテン。白いコットンレースのクッションと小花柄のベッドカバー。ジルスチュアートの香水瓶と、薔薇の香りのネイルケアオイル。女神や天使の装飾のコンパクトケース。いちごミルク色のジェルネイルを施した爪には大小のラインストーン。理沙は綺麗なものに囲まれていたかった。いつでも綺麗なものを見ていられるように持ち物やインテリアに気を配っていた。それなのに理沙の脳裏に浮かぶものと言えば、飲み過ぎて嘔吐したひどく汚い駅の公衆トイレだとか、老人男性の萎びた裸体だとか、ストーカー男がポストに入れて行ったと思われる使用済みの避妊具から滴る液体だとか、ゾッとする光景ばかりだった。

理沙はもう何も見たくなかった。綺麗で可愛いものを手に入れれば入れるほど、そばに置いてそれを眺める時ほど、吐き気を催すものが鮮明に思い出されて息をするのも嫌になった。目を閉じてベッドに沈み込むしかなかった。

誰とも会わずに真っ暗な部屋で過ごしていると、眠りにつくのがかつてないほど上手になった。不思議なくらい、眠っても眠ってもまだ眠れた。

理沙がしばらく仕事を休む許可を店長からもらう前日、父が死んだことを母から電話で知らされた。父親の死は、理沙が十代の頃から夢見たことだった。想像していたよりも喜びはなかったが、安堵は得られた。久しぶりに帰郷し通夜や葬儀を済ませると、人並みに哀しい気持ちも湧き起こった。それと同時に、何年もかかったとはいえ父が苦しんで死ぬようにという自分の願いが見事に叶えられたことに恐怖も覚えた。

田舎からいつもの自分の部屋に戻った理沙は疲れていた。人が死んだことによる儀式や喪失感だけが原因の疲弊とは考えられないほど、全てに疲れ切っていた。

(喪服をクリーニングに)理沙は部屋の中央に座ってこれからすべきことを考えた。

(店長に電話して、そのあと客にいつから仕事復帰するのかメールを送らないと)

頭は働いていても体は少しも動かない。座ったままやっとジャケットを脱ぎ喪服のワンピースの背中のファスナーを下ろすと、そこでまた指一つ動かしたくなくなった。

(大切なパンプスに泥汚れがついてたから、すぐに拭き取らなきゃ)理沙はなんとか振り返って玄関のほうを見はしても、立ち上がることはできなかった。

店長から電話やメールが何度もあったが、理沙はそれに対応することなく半月が経った。たまにやって来る気分のいい日にピザや丼物の宅配を注文する以外、外の世界との接触を断っていた。

「メールは、届いて、いますか、あなたと会えない日が続き、寂しくて、急に老け込んだような気がします……」

客の一人から届いたメールを口に出して読むと、理沙は深い溜息をついた。

「ほかに年金の使い道ないの、気持ち悪い」

店長が理沙を心配するメールのほかは、客たちが送り付けてくる自分勝手な性欲に満ちたメールばかりだった。毎日のように仕事をして外に出ていた時は、仕事仲間もいるし前の店で一緒だった女性たちともたまに遊びに行ったりして充実しているつもりでいたが、少し距離を置くと誰もが全く関係のない人になってしまった。このままメールの返信をしないままでいるとそのうち店長も客も理沙のことなどどうでもよくなるのは明らかだったが、理沙も彼らのことをどうでもよいと思っていた。

八　真夜中の起床

誰からもどうでもいい存在の理沙は、眠り疲れて都会の夜風の中に出て行った。十六の時から仕事のため毎日のように通っていた繁華街の光が赤の他人のような顔をしていた。一足だけ持っていたスニーカーを履いて歩道橋を登ると、今までのっぺらぼうのように思っていた通行人が全員違う顔を持っていることに気が付いた。

高架下の段ボールの家に住んでるおっちゃんに会ったことがある？　あれ、俺の友達。と、男は言った。風でビラが舞い、理沙の膝に纏わりついて離れた。男はどうでもいい場所から出てきたと言った。理沙は「私もそんな感じ」と言うとさっきより湿度を帯びた風を気にして、黒いだけの空を見上げた。

九　就寝

「寝た？」

理沙が尋ねても、隣で寝転んでいる男は答えなかった。上体を起こして顔を覗き込むと、彼は口を開けて完全に眠っていた。理沙は彼の頬にキスをした。起きている時の知的な表情からは想像がつかない、理沙より十個年上の男の無垢な安心しきった寝顔を確認してから眠りにつくのが理沙の日課になっていた。理沙はその男の寝顔を初めて見た日から、一度も嫌悪感を持ったことがなかった。人が永眠した時の本能を失くした清潔な顔とも違う、理沙をイラつかせる間抜けで膨張した顔とも全くかけ離れた、深い包容力を持った幼児のような不思議な顔だった。

気持ち良く睡魔に身を任せていると、自動的にたくさんのことが思い出された。

アンナというシングルマザーの娘、中学生になったヒナが中年男の腕にしがみついてホテルに入って行くのを目撃した時の、何とも言えない口の中の苦み。もう風俗を辞めて他の仕事で生きていくと決意して店長に電話をした時言われた言葉。「そうかぁ、まあそういう気分になることもあるよね。いつでも待ってるから、おばさんになる前に戻っておいで」新しい人生を始めようと全部捨てたルブタンのパンプス。どんどん記憶は遡り、幼い頃住んでいた家の玄関の床の冷たさにかじかむ自分の小さい足も、手で触れられそうな程リアルに浮かんだ。

なぜどこにいてもあんなに生きている実感がなかったのかわからない、と理沙は他人事のように考えた。幼い頃から今まで……今、隣で寝息を立てている男と出会うまで、理沙はいつでも自分のことを斜め後ろ、自分の頭を少し見下ろすようなところから見ていて、人生が映画のように勝手に流れているような感覚で生きていた。意思を持っていたことも感情が動いたことも確かだけれど、そんな自分を他人事としてただじっと観ているのが本当の理沙という気がしていた。家に籠って携帯のメールにイラつき、動揺したりずっと眠り続けていた日々も、頭上の自分が常に無感情に見ていた。
「理沙」
おとなしく眠っていた男は寝返りを打ちながらそう呟いて理沙の頭を自分の胸に抱き寄せると、その状態のまま再び寝息を立てた。今、彼に完全に頭をホールドされて息苦しい今、理沙の意識は斜め後ろ頭上ではなく、理沙の身体の中に存在して自らの感覚として彼の体温と匂いを味わっている。理沙はしばらくそのままジッとしていたが、苦しさが限界に達するとそっと彼の腕を持ち上げ、その腕を自分の腰の上に置いた。毎晩の就寝時間、理沙はこの幸せを噛みしめているというのに、時折ふわっと精神病棟の臭気がよぎる気がした。あの、妄想の中で愛し愛され幸せそうに微笑む入院患者の声も近くに蘇る。(私にはとってもカッコイイ彼がいて、彼、私のことすごぉく愛してるのよ)
理沙は、気持ちよさそうに眠る彼の鼻筋から唇にかけてのラインを指でなぞって不安を消そうとした。さすがにくすぐったかったのか彼は軽く首を振り、鼻を掻いた。そして薄く目を開けると少し微笑み、「理沙？　まだ起きてるの？　何してるの？」と呂律が回らない口で言い、理沙が答える前にまた目を閉じて眠りについた。

「もうそろそろ私も眠れそう」

独り言になってしまったけれどそう囁くと、理沙も微笑んで目を閉じた。

西日本座敷童子協会

ここ最近の住宅事情のおかげで、我々座敷童子はどんどん暮らしにくくなってきている。座敷という名がそもそも時代遅れなのだろうが、どうも壁が多く密閉性の高い洋風の家というものにはなかなか慣れることができない。それは、私だけではないと思う。私は比較的都会の、開発された地域に居るので特別かと思っていたが、滋賀県や奈良県の山間のほうでも皆同じことに悩んでいると知って、少し心強く思っている。皆、同じなのだ。

勝手に協会の本部を大阪に置いてしまい、皆の反発を買わないかと心配していたが賛成多数で、しかも私、みどりの本部長就任を快く受け入れてくれたことを本当に感謝している。

住宅事情の変化に不満がたくさんあるのは皆一緒だとは言ったが、その時代の変化というもののおかげで、我々はお互いに存在を知り、こうして繋がることができたわけだ。なんせ我々はどれだけ時が流れても所詮童子であり、人間の力を借りなければＳＮＳで呼びかけるなどとは思いつくことさえなかったのだから、ここは素直に人間に感謝し、それぞれが同居する人間に福をもたらす活動をもっと精力的にしていこうではないか。

大阪の子供の間では、トイレの花子さん↓口裂け女↓キョンシー↓テケテケと来て、その後はお化けや妖怪、都市伝説的なものはすっかり話題にのぼらなくなったようだが、他の地域の子供たちはどうなのだろう。かわいい系妖怪アニメは流行したようだが、信じる信じないという対象ではないようだ。

我々は、とにかく子供に存在を気づいてもらわなければどうにもならないわけで、こんな環境では今までどおり部屋の隅や押入れでじっと待っていてもその日はやってこないと思うのだ。皆で知恵を出し合い、引っ込み思案が特徴の我らにできることを考えていこうじゃないか。皆の意見を聞かせてほしい。

現在この西日本座敷童子協会に登録しているのは、

大阪本部　二名（本部長含む）
京都支部　一名
兵庫北支部　一名
神戸支部　二名
滋賀支部　一名
奈良支部　一名
山陰支部　四名
四国支部　三名

となっている。今後も、現代において悩み、孤立を深める座敷童子を減らすため、SNS等で仲間を見つけ次第入会を勧めるようお願いする。

ご存知のように、東北・関東のほうではかなり大きなコミュニティができており、結束も強い。こちらも西日本ならではの悩みなどを共有し、心の通ったいい会にする所存である。


私、兵庫北支部、城崎温泉の旅館で座敷童子をやらせてもらっております、青子と言います。このたび正式に西日本座敷童子協会が設立されたこと、本当にうれしく思っております。大阪の本部長様、会員の皆様、どうぞよろしくお願いします。

私の奥座敷はわりと歴史の古い旅館にあるので、座敷童子としては幸い昔ながらの生活を保っているほうかもしれません。あまりに建物が古くなるとリニューアル工事なるものが始まりますが、それでも洋風の部屋にはなったりしませんし、私のような時代錯誤な容姿であっても浮くことはありません。

それでも、ほんの半世紀前なら旅館の誰もが私の存在をありがたがり、小豆飯などを部屋の隅に置いてくれていたのに、最近ではお客様が気味悪がるなどという理由でその風習は取りやめになってしまいました。寂しい限りです。

子供のお客様が私の部屋に泊まっても、気付かれることは稀です。やはり主張しないと難しいのでしょうね。何かいるかも、という視点で座敷や押入れを覗く子供はあまりいなくなった気がします。そして、私を見つけ、目が合った子供でも、「お母さん、何かいる」「そんなわけないでしょ」で、終わってしまうのです。一緒に遊ぶ関係にまで発展しません。このように、座敷童子同士の交流の場がなければ、この先何千年と、孤独に苦しむことになったでしょう。

私も、皆様の現在の住宅事情、子供との交流、工夫されていることなど色々と参考にさせていただきたいです。

京都支部の紅《べに》と申します。西日本座敷童子協会設立にあたり、大阪のみどりさんとは本部を置く場所で揉めてしまいましたが、潔く人望の違いを認め、みどりさんの本部長就任を心よりお祝い致します。子供同士、皆で知恵を出し合い永遠の時を楽しく過ごしましょう。

私の座敷も、都に相応しい趣のある民家だったのに数年前に建て替えられ、大きな窓から明るい光が差し込むリビングダイニングキッチン一体型の総フローリングになってしまいました。しかし悪いことばかりでもなく、新しくきれいになったこの家に越してきた若い夫婦に昨年赤子が生まれ、その子は私に懐いて笑顔を見せてくれるのでもう少し大きくなって一緒に遊ぶのが楽しみです。

山陰支部、岡山の黒太郎です。皆さんより座敷童子になったのが若干近代かもしれません。子供の中の子供です。どうぞよろしくお願いします。

僕の座敷は田舎の旧家ということもあって住み良いですよ。子供たちも、そう昔と変わったなぁということもなく、素朴に走り回ってる感じです。僕のことが見えなくなる年齢は昔より早まったかもしれないですけど、小学校一年生くらいまでなら僕と遊んでくれますよ。僕は特別主張することもない普通の座敷童子ですが、その家の飼い猫や飼い犬と仲良くなると、子供に気付いてもらえる率もあがるように思います。あとは、あまり陰気に見えぬよう、親しみやすい表情（口角を上げるように意識するなど）で座っているようにしています。

複数の座敷童子が居る家も昔はあったのでしょうが、今は基本、皆さん一家屋に一人なのですね。僕は新米のほうなので知らないことが多いのですが、座敷童子はなぜ減ったのでしょう？　死ぬことがあるということですか？　どなたか、教えていただけたら幸いです。

Re: 黒太郎さん　大阪本部長より

黒太郎さん、工夫して子供と遊んでいるとのこと、新米と謙遜しているけれどとても素晴らしい、座敷童子の鑑だと思いますよ。

我々座敷童子は死ぬというか消滅することがあるのですが、それを知らない者もたくさんいると思います。知っておいても損はないけれど、現代ではあまり気にする必要はありません。我々は、弓矢で射られると消滅します。

昔の座敷童子は、何かの拍子に人間に腹を立てたり座敷童子になる以前のことを思い出し恨みを募らせたりしてしまい、度が過ぎた悪戯をすることがあったようで、人間に悪霊呼ばわりされて奥座敷に矢を放たれることがあったと伝えられています。

私が座敷童子になった頃、百五十年ほど前ですが、そこの奥座敷には先代の座敷童子の消滅前、辞世の句が残されていました。悲惨なものです。

皆さんは充分承知のことと思いますが、我々は人間と仲良く、そして家人に福をもたらす守り神として共存してきた歴史を大切にしていかなければなりません。

先日の、山陰支部黒太郎さんからの質問に私が答えた件で、複数の会員から問い合わせや意見があったので、今回はそのことについて皆に話したいと思う。

弓矢で座敷を射られると消滅するらしいというのはつまり、凶器自体の存在の問題で現代では極めて起きにくいということなので、そこはまず安心してほしい。

その上で敢えて、あらためて、人間との付き合い方、我々の持つべき精神について語ったのだ。

皆諸事情あって座敷童子になられたことと思う。しかし、皆、人間への愛から永遠に奥座敷に住まい、家を守ることを選び座敷童子になったことは共通しているはずだ。

もちろん私もそうだ。私は数えで六つの時に人間としての生命を終えたが、どうしても母上のそばを離れたくなかった。未来永劫家人を守ることを誓い、母上が亡くなっても新しい家族と暮らすことを喜びとして今日までやってきた。

京都から、神戸から、遠くは愛媛から、「人間は残酷だ」との悲しい声が届いた。紅さんに至っては、家におられる一歳に満たない赤子さえ警戒するようになったとのこと、非常に心が痛い。

人間は、座敷童子の敵ではない。昔ほど重宝し、小豆飯を置いたり玩具や人形を並べたりしなくなっても、座敷童子を悪意のある霊や物の怪と思っていたりはしない。時代が我々の存在を意識させないようになっただけだ。我々はどの時代でも子供の友達ではないか。

滋賀支部の桃乃です。みどり本部長のお話はとても心に響きました。私、最近人間と共存しているという意識が薄くなっておりました。

私の現在の守るべき家人は、三人です。夫婦と一人の男の子供がおります。男の子供は五つで、それはもうやんちゃなのですが、一人っ子の彼を両親も時々訪問する祖父母もそれはそれは可愛がり、叱るということをいたしません。私に対しても、変な髪型だの気持ち悪いオバケだのと暴言を吐きますので、遊ぶどころか見つかることも苦痛になり納戸に閉じこもっている日もありました。子供の両親も、悪い人間ではないのですが少々口が悪く攻撃的な性格のようで、子供には優しいけれど夫婦喧嘩の激しいことといったら物凄く、私は毎夜口論と物音にビクビクしております。

人間に対する愛など忘れかけていたことを認め反省いたします。人間を憎悪すれば、我々はその家に縛られる怨霊に過ぎないのですよね。やんちゃな子も、まだ五つ。仲良く暮らせばあと何年か楽しく遊べるはずです。それに両親の不仲から不安な毎日を送っているかもしれないし、相談相手になってあげられるかもしれません。私の努力が足りなかったのだと思います。これからは信頼関係を築いていけるよう、積極的に働きかけようと思います。

滋賀支部の桃乃さん宛にたくさんの応援メッセージが書き込まれ、我々の結束が固くなっていることを感じ、とても嬉しく思っている。

私としては、最近子供に触れ合うことがなく、そして半分近くの会員も長い年月子供と遊んでいないと聞き、そちらのほうの心配をしている。

我々はご承知のように、引っ越すことはできなくもないが、引っ越すと必ず今まで居た家が火事になったり家人が次々病気で亡くなったりと、人間に災いが起きてしまう。

孤独に負け引っ越すのだけは避けなければならない。孤独な時、皆でそれを分かち合おう。子供と遊んだ会員は、ぜひその楽しい風景を報告してほしい。

桃乃です。皆さん本当にありがとうございます。長い間書き込んでいませんでしたが、あれから家人と楽しく生活しておりますので、そのご報告です。相変わらず家人夫婦の仲は悪く夜は落ち着きませんが、自分なりに旦那さんが悪いのではないか、奥さんももう少し優しい言い方をしたらいいのになどと考えることでだんだん苦痛ではなくなってきました。

やんちゃな坊やも、少しずつ私にお喋りしてくれるようになりました。幼稚園での出来事が主ですが、ここ二、三日は私についてたくさん質問してきます。興味を持ってくれたのでしょう。私は七つで座敷童子になったので年はあまり離れていませんが、可愛いものです。

今日は、「いつからここにいるの？　ずっといるの？　何歳になったら死ぬの？」と尋ねてきたものですから、「坊やの生まれるずっとずっと前からだよ。これからもずっといて、あなたたち家族を守るんだよ。ずっと七歳だから年を取らないし、弓矢で射られない限り死なないよ」と答えました。ふぅんと言っていましたが、わかったのだかどうだか（笑）

黒太郎です。桃乃さんの家の男の子供、可愛いですね。座敷童子に興味を持って

交流してくれた子供たちが、将来自分の子供や孫に僕らのことを伝えてくれたら嬉しいですね。

僕の今の家人は子供が三人いるのですが、昨年から皆僕のことが見えなくなってしまいました。でも、たくさん遊んだ良い思い出があるので、今はただ成長する彼らを嬉しい気持ちで見守っています。手遊びや、とおりゃんせ、かごめかごめを教えて一緒に歌いながら遊んだものです。

今は子供と遊ぶ機会のない座敷童子の皆さんも、きっとその時は来ますよ！


四国支部、小豆島の銀之丞です。皆さんと知り合えて良かったです。子供との楽しい会話、遊びの話は参考になります。

私は家人の子供に誘われ近所の子供たちとも一緒に遊んだのですが、古めかしい恰好やこの容姿、話し方も少し子供らしくないというのもあるのでしょう、ひどくいじめられてしまい、人間の子供が怖くなっていました。家人の子供は、普段とてもいい子で私のことをあれこれと気遣ってくれたり優しいのに、近所の子供が私をいじめだすのを見ると一緒になって石を投げたり「もう遊んでやらないから」と言ってきたりしました。悲しみのあまり、もう少しで可愛い人間の子供を恨むところでした。こんなことはよくあること。私も今までに何度も経験したこと。久々に遊んだ喜びから一転悲しいことになったというだけで、恨むに値することではありませんね。工夫して、仲良く、信頼関係を築けるよう頑張ります。

桃乃です。私が座敷童子の死ぬ方法を坊やに教えたばっかりに皆様に最期のお別れを言わなければならなくなりました。

弓矢で射るとは何かと両親に訊いた坊やは、七五三の時に神社で貰った破魔矢をおもちゃの弓で飛ばしてきました。これも遊びのつもりだったのでしょう。そう信じています。当たった、と無邪気に喜んでいましたので。

あぁ、皆様、本当にもう最後です。座敷童子になり何年経ったでしょう。私は幸せだったと言っていいのでしょうか？

暗闇の座敷に明かり灯す子の笑い声聞き永遠の眠りに

神聖な破魔矢が我を消すなどと怨霊のような最期に悔しむ

皆様。私は、やっと母上のもとにゆきます。

黒太郎です。子供と仲良くなれてあんなに喜んでいた桃乃さんを、子供が殺したんですね。遊びって、死ぬ方法を聞いておいて、何もかもわかってて殺したんじゃないですか。五つの子供が、恐ろしい。人間は本当に恐ろしいことを笑顔でやるんですね。幼い子供のうちから。

僕ももし座敷童子が死ぬ方法を家人の子供たちに教えていたら、同じ目に遭っていたのでしょう。座敷童子など、人間にとっては異質なもの。所詮怖いオバケに過ぎないのですね。悪さをしなくても、家を守っていても財をもたらしても、怨霊と変わらない扱いですよ。酷い。

Re：黒太郎さん　大阪本部長より

落ち着いてください。桃乃さんの消滅はとても悲しいことですが、彼女の家人である五つの子供は、桃乃さんを憎悪して死んで欲しいなどと思ってやったのではないと思いますよ。ええ、それは間違いありません。本当かどうか試したいという、知りたがりな子供心からに決まっています。私も、まさかこの時代に弓矢で射るということが起きるとは思っていませんでした。皆様も相当驚かれていると思いますが、冷静になりましょう。

我々座敷童子は、いつの時代でも人間の子供と友達だと、忘れないでください。

紅です。今回のことではみどりさんの言うことに全面的に賛成という風にはいきません。まだ五つの子供の好奇心というのは、わからなくもありません。でも、私

の本音は黒太郎さんの気持ちと近いです。

思い出してみると、私もずいぶん人間の子供にいじめられたものです。良い思い出もたくさんありますが、つらい思い出に目を瞑り、無理に人間のことを愛してきたようにも思えます。愛さないと座敷童子失格だと思ったからです。

私たちはいつまでも子供ですが、たくさんの人間と出会い、そのため広い心を身に着け、いつまでも人間にとって良いモノであり続けてきましたが、その「広い心」というのは本当に人間のためになることなのでしょうか？

目に見えないものの力を信じる、天罰を信じる、畏怖という感情の存在、そのようなものを教えるため、悪い扱いをされたら怖がらせる存在になるのは、むしろ良いことではないでしょうか？

「あの家は座敷童子を粗末に扱ったから座敷童子に見捨てられて火事になった」「座敷童子の呪い」という噂が立っても、それはそれで悪いことではないのではないでしょうか？　そのように思えてきたのです。

桃乃さんの嬉しそうな報告に元気づけられていた一人、銀之丞です。このたびのことで非常に落ち込んでいます。桃乃さんの最期に残された句を思い出しては、一人座敷に座り涙しています。

今思うと、私たち座敷童子は、お互い知らぬ同士のまま、情報など無いほうがよかったのではないかと……もちろん、元気づけられ、孤独に陥らずに済むと心から喜びましたが、各々自分のことしかわからなければ、今回のように皆が自分のことのように怒り、家人に疑念を抱き、人間全般を恨んだりすることはなかったのです。少なくとも、自分の経験で恨むようになる以外、仲間の消滅を嘆き恨み怨霊になっても良いなどと考えなかったと思うのです。

私たちが集結し、こうやって意見を交わし合えるのは、人間の作ったツールのおかげです。人間は、情報を手に入れたがる性質があるのです。私たちは、もともとは人間でも、今はそれを超越した存在だから、人間の道具を使って人間のようにコミュニケーションを取ってはいけなかったのではないでしょうか。

私は、家人の子供がこれから僕をいじめないかどうか、改心する余地があるかどうか、じっくり見極めて、考えようと思います。

私は怨霊になるのは嫌です。風もないのに音がした、ドアが閉まったという時の人間の恐怖にひきつった顔！　あれを向けられ、お経を唱えられたり悪霊退散と言われたり、そんなのは嫌です。人間は、共存するべき仲間です。人間には幸せな笑顔でいてほしい。私は、奥座敷にいる陰気な昔の恰好をした恐ろしいお化けではなく、座敷童子がいるからこの家は安全、栄えていると言われたいです。

銀ちゃん、黒ちゃん、紅ちゃん、何があっても引っ越してはだめですよ。火事になって、もし子供が焼け死ぬようなことがあったら、本当につらい思いをして、悲しい怨霊になってしまいます。

私は、桃乃さんが消滅したことで人間に恨みを抱くことは間違っていると思います。私は人間を恨みません。

青子

青子さんの言うことは偽善としか思えません。

私は、生家が貧しかったために子守として山一つ越えた家に奉公に行きました。そこで、風邪をこじらせても休ませてもらえず肺を患い、九つになる正月を迎えることなく死にました。父、母、たくさんの兄姉にもう一度会いたいという思いと、子守をしていた赤子のことが心配で座敷童子になりこの世に留まることに決めました。奉公先の主人も奥様もとても怖い人だったのですが、彼らを恨んで怨霊になるより、人間への愛情が優ったから座敷童子になったのです。けれども、もうたくさんです。

人間が怖い。私の人間への愛は、疑念に変わりました。私を傷つけるのではないかと、疑い恐れるべき存在になりました。

私はこの、人間の作ったものによって皆様と繋がったことを感謝します。そして、桃乃さんの消滅という情報を知ることができて良かったと思います。福の神としての使命というものに縛られ、正常な感情を失くしていたことに気付きました。

もし私が家人の態度によって引っ越しを決め、その後家人が焼け死んだら？　それもしょうがないことと思いますよ。

紅

西日本座敷童子協会本部長より、会員の皆様にあらためて伝えたい。

我々座敷童子の仲間、桃乃さんのことは、大いに悲しもう。せっかく知り合えたのに、私も心から寂しくつらい。しかし、桃乃さんを破魔矢で射た子供は、あくまで一人の子供であって、人間全てを彼と同一視してはならない。ひとくくりに「人間」としてしまってはいけない。座敷童子にも個々でいろんな性格があるように、人間も色々なのだから。

それを踏まえた上で、もし家人が嫌な性質の人間であった場合、それでも、性質全てが悪という人間はいない。そして、その人間は改善するかもしれない。座敷童子が天罰など与えるまでもなく、人間社会で揉まれ、いつか己のことを恥じ、善き者になるだろう。皆最初はまっさらな赤子だ。自分のせいで悪くなる者はいない。

幼いうちに、座敷童子と良い出会いをし、良き成長を遂げるよう見守るのが我々の使命じゃないか。

私だって、良い思い出ばかりではない。私の座敷にある先代の座敷童子が消滅する前に遺した句は、人間への恨みに満ちたものだった。思い出すと身震いするような、怨念のこもったものだった。

しかし、思い出して欲しい。人間の幼子のふくふくとした赤い頬を。不器用な小さい指で小石を摘み、こちらに見せる可愛い仕草を。なかなか止まらぬ笑い声を。彼らが廊下を走る足音が、年々低くなる切ない喜びを。

銀之丞さんの言う通り、我々に情報は要らなかったのかもしれない。お互いどこかで同じ悩みを抱えながら時代を超える仲間がいる、そう思い想像を巡らし日々過ごすのが良いのかもしれない。結束というものは、人間だからこそ求めるもので、我々は違うのだ。人間の家人の中に一人異質なモノとして存在し、遊び相手ができたり孤独になったりして、自分の中で愛を育み精神を鍛えるのが自然なのだ。

私は人間を憎まない。偽善と言われてもだ。人間を憎まない。どうか、最後に皆、結束して共に呟いて欲しい。人間を憎まない。決して憎まない。

未明の湖畔にて

倫子《りんこ》は琵琶湖に沈むことを決めた。決定したのは昨日の夕方だった。毎週通っているヤマハ音楽教室に行く途中、それは急に決まった。楽譜が入ったリュックに、財布が入っていないことに気が付いた。飲み物も買えない。しょうがないからこのまま琵琶湖まで行くことにした。琵琶湖まで、ママチャリでどれくらいかかるのかわからない。どう行けばいいのかわからないから、コンビニで地図を立ち読みした。ここから、国道一号線をずーっと京都方面に行き、京滋バイパスを……よくわからないけど、その辺でまた地図を立ち読みすればいい。夜明けまでには着くだろう。

変速機もついていない、電動なんかでもない古い自転車は、ブレーキをかけるたびに嫌な音がした。山を登り、降りた。自転車が通っていいのかわからないような道もあったが、なんとか琵琶湖畔に着いた。朝の四時。

真っ暗な湖畔で濡れていないところを探し、できるだけ湖近くに座った。春というのに、厳しい寒さだ。湖の小さな波の中に頭を出している黒い物体がこっちへ向かっているのを見て、倫子はお尻で少し後ずさりした。湖からあがってきたのは猫だった。(なんで、猫。こんな寒いのに泳いでたわけ？　猫が？)猫は元気に走り去って行った。

人目につかないうちに早く沈んでしまおうと思っていたが、こう寒くては水に触れる気にもならない。せめて日が昇って少し気温が上がってからにしようと決めた。砂に「死」と書いてみた。「死」「死」「死にたい」「死ねば」「死ぬよ」……。

「こんな寒い中何してるん？　暗いし危ないで」

スクーターの音と男のやかましい声がせっかくの静寂を破った。男は湖畔脇の道路にスクーターを置いて、砂の中にざくざく入り近づいてきた。倫子の顔を覗き込むと、大げさに「若い女の子やん！　何してるん？」と驚いてまた訊いてきた。

「猫。湖から猫が出てきてん」

湖を指さし倫子が答えると、男は、「はぁ？　そんなわけないやん」と笑った。男の顔は暗がりの中でほとんど見えなかったが、なんとなく二十代後半くらいだと倫子は思った。

「おっちゃんは、何してるの？」

「おっちゃんかぁ、ショックやなぁ。まだハタチやで」

ごめん、と倫子は自分の判断の誤りを軽く謝罪したが、どっちでもいいとまた湖を見つめた。

「俺は、なんとなく。散歩でもしよかと思って。寒くない？　バイクにダウンジャケット積んでるから持ってくるわ」

倫子に答える隙を与えず、男は道路に停めたスクーターまで走って行き、黒いダウンジャケットを持ってまた走って戻ってきた。春物のコートでここまで来た倫子は本当に寒くてジッとしているのも辛いぐらいだったから、心からありがたいと思った。ダウンジャケットを背中から掛けてもらうと、長いこと洗っていない犬の臭いがした。

薄っすら空が白み始め、だんだんお互いの顔が見えるようになった。(思ってたより百倍、男前とは程遠い人やな)倫子がそう思ったのと同時に男が「自分、めっちゃ可愛いやん!」と叫んだ。

「女子高生? いいなぁ〜あぁびっくりした」

男の軽い口調が気に障る。(誰にでも言ってるんやろ。そういうこと言い慣れてる男、ムカつく)何も答えず倫子は湖に木の棒きれを投げた。思ったより柔らかかった棒は、すぐに落下して波と一緒に岸に戻ってきた。「死」と繰り返している砂上の落書きを男が発見した。

「どしたん。何かあったからここにおるん? しんどいん?」

軽そうな醜い男は思い切り心配そうに眉を寄せて倫子を覗き込み、馴れ馴れしく肩を抱いた。「なぁ」ダウンジャケット越しでも男の体温は伝わって来た。

「何もないよ。変わったことは何もない。ずっとしんどいだけ。人の毛穴とか、匂いとか、教室に落ちてる髪の毛とか、気持ち悪くてしんどいだけ」

「そうかぁ。あ、人が座ったあとの椅子のぬくもりとかも、最高に気持ち悪ない？」

男は倫子を指さしながら大きな声で返してきた。倫子は指をさし返して同意した。

「女子の、発作みたいに急に湧き起こるキャアキャアした声とかも。男子のニキビ潰す仕草とかも」

男は、笑うところなど何もない倫子の話にあっははははと声を立てて笑い、倫子の肩をさすった。そんなことで死にたくなったん？　と言われるだろうと思っていたが、男がその言葉を発することはなかった。もしその言葉と、わざとらしく湖に石を投げて振り返り笑顔でも見せようものなら、すぐにでも一人にしておいてもらうところだった。この男はムカつく軽さはあるが、そういう気持ち悪さはないらしいと、倫子は少し安心した。

「琵琶湖に入って死ぬつもりなん？」

カーゴパンツの裾の折り返しに砂が入ったのを気にしながら男は尋ねた。

「うん。琵琶湖の水で生活してる人たちには悪いけど」

「ええよ、ええよ。そんなこと。こんな可愛い子のエキスが入ってると思うと水飲むたびにちょっと興奮するなぁ」

　また大きく笑う男に倫子は「変態」と呟いた。

「なぁ、俺もついてったろか？」

　真面目な顔で言う男に倫子は吐き気を覚えた。（そんなこと言えば私が思い直すとでも？　アホな男。みんな同じ。ムカつくやつばっか）

「初めて会った私と心中って、死ぬ理由あるのん？」

「死なへんよ。足着かんとこまでついてったるねん。死ぬの、怖いやろ？　だから俺が手ぇ握ってるから。見届けたら泳いで戻ってくるよ」

　倫子と男はしばらく黙って見つめ合った。（思ってたのと違う）

「それ、法的に大丈夫なん？　捕まるんちゃう？」

「ばれへんばれへん！　一人で死ぬのって寂しいんちゃうかなぁと思って。知らんやつでもおるだけ心強いかもしれんで」

　男は倫子に羽織らせていたダウンジャケットを砂の上に落とし、倫子の手を握って立ち上がらせた。倫子は、あれだけ人間の何もかもが汚くて嫌だと思っていたのに、この男に手を握られているのを不快には思わなかった。

この状況で、この世で一番吐き気を催す愚問を男に投げかけるのを倫子は我慢していた。なんで止めへんの？——止められていれば絶対男を軽蔑し、しょうもない男だ、ムカつくなどと思ったに違いないのに。倫子はその愚問を必死で抑え込んだ。

春の夜明けの琵琶湖は美しく、水面は不気味に煌めいていた。湖水は想像よりはるかに冷たく、足の感覚はすぐに奪われた。胸まで浸かると、寒さですでに息ができなくなった。

「ねえ。なんでついてきてくれたの」

息を切らしてやっと尋ねた倫子に、男は同じく息を切らせ、しかし大きな声で笑うのを忘れなかった。

「一目ぼれしたんや。好きな子の願いをかなえてあげたいのが普通やろ？」

倫子は少し笑って、風邪ひかないようにしてよ、と男の頬を撫で、静かな湖に頭まで浸かった。

ねんねこ
しゃっしゃりませ

祖母が死んだ日からお葬式が終わるまで、激しい雷雨は続いた。昼間でも暗く傘はまるで役に立たず、母は「おばあちゃん、死んでからもまだ抵抗してるんやわ。あれだけ気の強い人やもん。見てみ、あの稲光。おばあちゃん、私は死んでないって怒ってるわ」と怯えた表情を見せた。弟は「まさか」と笑った。

祖母が一人で住んでいた家は、生活感を残したまま静まり返っていた。祖母の家では玄関ではなく台所があるお勝手の扉を、訪れた誰もが断りもなくガラガラと開けることになっていた。祖母はいつでも皺のない真っ白な割烹着を着て迎えてくれた。

「はいはい。よぉ来たね。あんたはもっと元気に挨拶せなあかんえ。まぁ、お上がりよし。あかん、お尻向けて靴揃えながら脱いだら。脱いで上がってから揃える言うたやろ」

ギシギシと音を立てる古い床板の台所には野菜や果物が金属のタライに入って冷やされていた。

春夏秋冬いつでもストーブの匂いがする祖母の家が、私は好きだった。ストーブの匂いと、お線香の匂い。小さい頃はよく祖母の家の玄関で鉢に入った金魚を眺めて過ごした。祖母は涼しい廊下でまだ赤ん坊の弟を抱いて子守歌を歌い、優しく体を揺らしていた。

「私が抱っこしたらどんな赤ちゃんでもすぐ寝るんよ」

そういつも自慢げに言っていた。

ねんねこしゃっしゃりませ

寝た子の可愛さ　起きて泣く子のねんころろ
面憎《つらにく》さ　ねんころろん　ねんころろん

確かに弟は、それまでどんなに泣いていても子守歌の二番を聴く前に眠っていた。私も金魚鉢を指でなぞりながら祖母の歌に合わせて呟いた。ねんころろん、ねんころろん。

ねんねこしゃっしゃりませ
今日は二十五日さ　あすはこの子のねんころろ
宮参り　ねんころろん　ねんころろん

宮へ参った時
なんと言うて祈るさ　一生この子のねんころろ
まめなよに　ねんころろん　ねんころろん

「まめなよにって何？」

私が訊くと、祖母は眠りについた弟をそっと座布団の上に下ろしながら小声で言った。

「体が丈夫であるようにってことよ。スイカ食べよか」

祖母はお茶を飲みながら、果物を食べながら、私の行儀の悪さを厳しく指摘してそのたびに母のしつけの悪さを嘆いた。

「あんたのお母さんときたら、そんなことも教えへんのんやねぇ。仕事に夢中になるのはいいけど、自分の子供をほっぽらかしすぎやわ。これ！　あんたまた爪噛んでるやないの。ギザギザの爪して恰好悪い」

そして母が私と弟を迎えに来た時に直接文句を言う。母はいつも「すみません」と言いながら、明らかに不満そうな顔をしていた。祖母の家からの帰り道、寝ている弟を抱いて私の遥か前を歩きながら母はその不満を爆発させる。

「私のせいちゃうのに、あんたが何度言っても覚えないからいつも私が怒られるんやで。それに、いつもいつもこの子を寝かせて得意がってはるけど、昼寝の時間が長すぎて夜寝てくれへんくて困るの私やねんで。おばあちゃんにあんまり寝かせんといてって言ってって頼んだやろ？　ちゃんと言ってくれたん？　私はおばあちゃんに直接言えへんのよ。もう、私の身にもなってよ！　聞いてる？　また草ちぎってる！　いらんことしないで早く歩いてよ！」

母と祖母は仲がいいとは言えなかった。祖母は面と向かって母にズケズケものを言ったが、母は祖母に言い返すことはなかった。


よく京都や奈良のお寺や神社に連れて行ってくれた祖母は、帰りの電車で疲れてうとうとしている私と弟に小声で子守歌を歌って寝かしつけようとした。

「ねんねこしゃっしゃりませ」といつものように祖母が歌うと、京都駅からずっと向かいに座っているおばさんが、「あら、懐かしい歌。中国地方の方ですか？」と祖母に訊いた。祖母はニッコリして頷いた。

「母が岡山でね。子守歌と言ったらこれしか知らんやわ」

弟も小学校に入る年になり、私たちは祖母に預けられることも祖母に寝かしつけられることもなくなった。

ある日、弟が図書館で借りてきた絵本の文字を指でなぞりながら声に出して読んでいた。十一匹のねこの絵本だった。

「ねんねこしゃっしゃりまーせ、の、歌でした」

上手くメロディをつけて読んだので、私は思わず声をかけた。

「覚えてるのん？　その歌」

「うん。おばあちゃんの歌や」

母はこの歌を知らなかったし、そもそも子守歌を歌ってくれたこともなかったから、それは祖母の歌だった。

「ねんねこしゃっしゃりまーせ、の、歌でした」

弟は絵本のその部分が気に入ったらしく、何度も図書館で同じ絵本を借りてきた。

祖母が私の行儀にあまりに厳しいので、私はだんだん祖母に嫌われていると思うようになった。祖母は常々「泣いたらあかん。泣く子は嫌い」と言っていたのに、泣き虫な弟を可愛がってほとんど泣くことのない私に厳しい態度だったから、それに対してもおかしいと思っていた。私はよほどの行事でない限り祖母の家に行くのを避けるようになり、祖母が家に来ている時は何かと理由をつけて外出するようになった。

私が高校生になって無断外泊を繰り返していることを知った祖母は、一見冷静な様子で母に会いに家に来た。

「まだ十五の娘が夜中に家におらんことが平気というのは、どういうことか訊こう思て」

母はそう言う祖母に露骨に嫌な顔をして私のほうを見た。

「あんたがろくでもないことばっかりするから、おばあちゃんが心配してるやないの」

「違う」

祖母は珍しく大きな声を出した。

「この子の問題やなくて、あんたに腹立ってるんです。あんたの育て方は冷たすぎる」

祖母が怒り、母が泣いた。「だってこの子……」と恨めしそうに私を指さし、泣いていた。


私も母と同様、余裕のない母親になった。子供の夜泣きに疲れ果て、育児雑誌に書いてある通りに発育しないことに不安を感じ、成長を楽しむどころではなかった。疲れ切った時、気分転換に久しぶりに祖母にひ孫の顔を見せに行こうという気になった。

祖母は、昼も夜もなかなか寝てくれない私の子供を簡単に寝かしつけた。

ねんねこしゃっしゃりませ
寝た子の可愛さ　起きて泣く子のねんころろ
面憎さ　ねんころろん　ねんころろん

毎日ほとんど睡眠をとっていなかった私も、いつの間にか座ったまま眠っていた。ストーブとお線香の匂い。あの時の弟のように、座布団に置かれても起きない子供。遠のく子守歌と、祖母がお茶を淹れる物音。私は子供に子守歌を歌う母親になっていなかった。

寝なかった子供も幼稚園に通う頃には寝るようになったが、私は同居の姑との関係がしんどかったせいもあってちゃんと寝付くことができず、やっぱり睡眠不足で疲れていた。

ある朝、いつも通り睡眠不足のままベッドから出ようとしても力が入らず、もう一度倒れ込んでしまった。熱っぽくて体の節々が痛かった。ぼんやりしているうちに時間が経ったらしく、階下で姑が子供に話している声が聞こえた。

「お母さん、まだ起きてこないの？　朝ごはんどうする気やろね？　ちょっと起こしてきて」

子供が元気にハーイと返事して、階段を駆け上がってきた。

「母ちゃん朝だよ」

布団を少しめくって私の顔を覗き込んだ子供に私は、「すぐ起きるから待って」と鬱陶しそうに言ったと思う。

「母ちゃんしんどいの？　お熱？　寝とかなきゃ」

心配そうに彼は言い、私のおでこに手を当てて、もう一度私の頭まで布団をかけた。布団の上から小さい手がトントンとリズムを刻む振動を感じた。

ねんねこしゃっしゃりませ

寝た子の可愛さ　起きて泣く子のねんころろん
ちゃぁにくしゃー　ねんころろん　ねんころろん
歌詞もメロディも正確ではないけれど、あの子守歌を歌ってくれていた。

祖母が死んだ理由はわからない。年が年だったから不自然でもなんでもなく普通に衰えて病院で逝ったのだけれど、あの強い祖母は死なない気がしていたので、なぜ普通の人のようにそうなったのかがわからなかった。精神力だけで未来永劫生き続けるように思っていた。祖母を知る誰もがきっとそう思っていた。連日の雷雨を祖母のせいではと恐れた母の言葉に、私も共感した。

母は、火葬場で棺が炉に入っていく時に「お義母さん、ありがとうございました」と泣きながら頭を下げた。私は、そういえば祖母が寝ているところを見たことがなかったなぁと考えていた。寝かしつけることが得意な祖母は、ちゃんと寝ていたのだろうか。ねんころろん、ねんころろん。

著者プロフィール
なかい みさ
1983年生まれ。大阪在住。
色々なものをつくる人。
普段は肉を焼いたりアイスを食べたりしている。
たまに外に出て交通量を見たりもしている。
今後は引きこもりの生活を維持しながら小説家と呼ばれる人になりたいと思っている。

おはなし

2018年12月15日　初版第１刷発行

著　者　なかい みさ
発行者　瓜谷 綱延
発行所　株式会社文芸社
〒160-0022 東京都新宿区新宿1－10－1
電話 03-5369-3060（代表）
03-5369-2299（販売）

印刷所　株式会社フクイン

ISBN978-4-286-20016-3